四国遍路の宿 道しるべ

呪われ花嫁は仮初めの愛を契る

田井ノエル

双葉文庫

目次

キャラ紹介
CHARACTERS

ロン

悩める妖《あやかし》が訪れる
四国遍路の宿
「道しるべ」の主。

赤《あか》蔵《くら》六《りつ》花《か》

封印師の家系に生まれるが
鵺《ぬえ》の生贄《いけにえ》に捧げされてしまう。
何者かに「道しるべ」に導かれ、
見習い仲居に。

序．運命の人

こちらへ、おいで。

風に、呼ばれたような気がした。

烏夜《うや》に沈む山道に灯りなどなく、ただただ鬱蒼《うっそう》と茂る木々のざわめきばかり。何者かの声だと錯覚するには充分だった。

赤蔵六花《あかくらりっか》は、防犯ブザーのライトを頼りに前へ進む。足どりは覚束《おぼつか》なく、時折、木の根に足がとられる。

行き先もなく、ただただ衝動のまま。

逃げたくて——どこに？

もう、死んでしまうのに。

「う……」

足が凍りそうだ。履き潰したスニーカーの底が捲《めく》れて、パコパコと音を立てている。洋服のうえには、上等な白無垢《しろむく》を羽織って……泥で汚れ、水を吸って冷たくなった着物を引

　きずりながら、六花は当てもなく彷徨《さまよ》っていた。

　夜空を見あげると、白い雪。ヒューヒューと風に吹かれて、六花の頬を叩《たた》く。地面に薄《うっす》らと積もっているので、朝になれば、この辺りは歩けなくなるだろう。

　六花は背を丸めた。寒さには慣れているはずなのに、耐えられそうにない。全身がずぶ濡《ぬ》れなせいで、立ったまま凍ってしまいそうだ。

　指先を吐息で温めると、右手の甲に刻まれた印が視界に入る。蛇のような、猿のような、鳥のような……火傷《やけど》みたいな禍々《まがまが》しい刻印が、六花の身に降りかかった〝呪い〟の存在を自覚させる。

　このまま、死ぬ。

　こちらへ、おいで。

　また呼ばれた。今度は気のせいなどではない。

　六花は顔をあげて、周囲を見渡した。けれども、暗い山道に変わりはなく、ただ雪風の冷たさに肌を晒《さら》すだけとなる。

　まっすぐ進んで。

それでも、声はまだ聞こえる。まるで、六花を導こうとしているみたいに。

半信半疑で立ちあがると、「岩屋寺《いわやじ》」と書かれた道標が見える。

岩屋寺は四国遍路《しこくへんろ》八十八ヶ所のお寺の一つだ。とくに興味はないので、六花はそれくらいしか知らない。ほかにどんなお寺があるのか、なんのために四国遍路をするのか、調べたこともなかった。ただ、小さいころから、白い服を着たお遍路さんの姿を日常的に見ている。

いつの間に、こんなに遠くまで来たのだろう。六花のいたところから岩屋寺まで、徒歩だと三時間はかかるはずだ。それほど長く歩いたのか、なにかの錯覚か……考えるのも嫌になってしまう。

もうすぐ、会えるね。

声だけを頼りに六花は歩を進める。

すると、ほどなくしてポツンと灯りが見えた。

オレンジ色が暖かい。見ているだけで安らげる、灯籠のやわらかい光だった。六花は無意識のうちに、光へと向かう。

「門……？」

山中に現れたのは、門のようだった。寺でよく見かける山門の類《たぐい》だ。

こんなところに？　六花は不審に思いながらも近づいてみるが、すぐに異常に気がつく。

そこにあるのは、門だけだった。

門の横に続いているはずの塀や、建物などは見当たらない。山の中に、門だけが忽然《こつぜん》と現れている。どういう理屈でこうなっているのか、皆目見当もつかない。門は木の扉に閉ざされて、向こう側も見えなかった。

六花は寒さも忘れて、呆然《ぼうぜん》と立ち尽くす。

「…………！」

けれども、しばらくすると、門がギィギィと音を立てた。まるで、六花を迎え入れてくれるかのようなタイミングに、ビクリと肩を震わせる。

これは、夢だろうか。

「お客様っ！　いらっしゃいませー！」

トトットトッ。擬音にすると、そんなところだろう。明るい声をあげながら、小さな足で、高い山門の敷居を跳び越える者があった。

珊瑚《さんご》色の着物から、もふもふとのぞいているのは狐《きつね》の尻尾《しっぽ》だ。チンマリとした膝丈サイズの子狐が、六花を見あげて笑っている。常磐《ときわ》色の前掛けをキュッと締めて、両耳をピンッと立てていた。

「狐……」

二足歩行の子狐が、不思議な門から現れた。

自分は化《ば》かされているのだろうか。いよいよ、夢の中の出来事みたいになってきた。しかし、現実だ。只人であれば、この時点で逃げ出しているかもしれないが、六花は、ただ子狐をぼんやりとながめていた。

そんな六花の視線に気づいたのか、子狐はハッと我に返って、自らの姿を見おろす。

「わわ。す、すみませんっ！　少々お待ちください！」

子狐は頭に手をやりながら、大慌てでうしろを向く。

「こんこんこん　おいなり　こんこんっ！」

子狐が叫ぶと、足元から煙がモクモクと立ち込めた。あっという間に、煙は子狐を包み込んでしまう。そして、煙の中からべつの影が浮きあがる。

着物には変化がないものの、そこにいたのは子狐ではなく、可愛らしい女の子であった。

ぱっちりとした目には愛嬌《あいきょう》があり、笑顔が印象的だ。光の加減で赤っぽくも見える黒髪を、鼈甲《べっこう》の簪《かんざし》でまとめあげていた。あどけなさを残しつつ、大人の雰囲気を漂わせる面立ちは大学生くらいだろうか。六花より少し年上のようだ。

変化《へんげ》術。妖《あやかし》、とくに狐や狸《たぬき》が得意とする術である。まさに、六花は現在進行形で、狐に化かされている線が濃厚になってきた。

それでも逃げないのは……六花が、妖たちを見慣れているからだ。

「ようこそ、いらっしゃいませ。ウチは食堂の看板狐、兼、宿の仲居をしています。コマと言います。よろしくおねがいします！　お客様っ！」

お客様というのが自分のことだと理解するのに、時間がかかった。六花はぎこちなく唇を開く。

「赤蔵……六花……です」

六花が名乗ると、化け狐のコマは、門の中を示した。

「六花様。こちらへどうぞ。旦那様がお待ちでございます」

「旦那様って……？」

六花は、流されるように門の内側へと視線を向けた。

門の向こうには、水面が揺らめく池が広がっている。その真ん中を貫くように、石の橋が架かっていた。暗さをまったく感じさせないのは、池に浮かぶ水燈籠のおかげだろう。心なしか、こちら側よりも、向こう側のほうが暖かい気がする。

「あ……」

そして、六花は見つけた。

橋の向こうで、独《ひと》り待つ人物を。

着物をまとった青年であった。

まず目を引いたのは、髪の色だ。水燈籠の光を反射させて、温かな橙《だいだい》を宿しているが、決して赤毛ではない。髪の一本一本が繊細な飴細工《あめざいく》のように美しい光を放っていた。白髪……いや、銀髪……プラチナ色とでも呼ぶべきだろうか。緩く髪を束ねる赤い組み紐《ひも》が目立つ。

こちらに、まっすぐ向けられた瞳は、青天の色である。空を溶かし込んだかのような色彩は、あまりに曇りがない。

「迎えにきたよ——僕の花嫁」

投げかけられた声の、なんと甘美なことか。六花は震え、身を縮こまらせた。寒いからではない。凍てついていた心が、温まり、溶けていく心地だった。

わたしは……ずっと、待っていたのかもしれない。

この人を。

理由もなく、そう感じてしまったのだ。

赤蔵六花の運命は、この日を境に動き出した——。

一．契約結婚

1

ヒョー……ヒョー……。


豊かな自然に囲まれた池に、不気味な鳴き声が響く。

赤蔵ヶ池《あぞがいけ》は、愛媛県《えひめけん》上浮穴郡《かみうけなぐん》久万高原町《くまこうげんちょう》の人里離れた山中にある、湧き水による溜め池である。希少な植物が生息し、四季折々で様相を変える。農業用水としても活用されている、ごく一般的な溜め池だ。

この池を守り続ける一族がいることは、限られた人間しか知らない。

正確には、池に〝あるもの〟を封じている。


「六花！　聞いているのかしら！」

耳につく声で怒鳴られて、赤蔵六花は視線をあげる。

「はい、お母さん」

六花が返事をした瞬間、頭のうえから液体を被る。

バケツが床に転がり、水をかけられたのだと遅れて気づいた。

「気持ち悪い」

そうつぶやく母・赤蔵冬実《ふゆみ》の声に、六花は目を伏せた。

「なんとか言ったらどうなの？」

「…………」

なにか言い返せば、今度は「口答えするな」と、怒鳴られるだろう。わかっていて口を開く愚は犯さない。だが、その様子が母にとっては面白くないのも、理解している。

「お前は本当に、可愛げがない。いいわ。早く準備なさい。雪華《せっか》の足を引っ張らないで！」

「……すぐに」

六花は手早く雑巾《ぞうきん》で床を拭き、玄関へ向かった。頭から水が滴ったままなので、軽く髪を結いなおす。

何年も履いたボロボロのスニーカーが、六花の靴だ。玄関から外に出る六花を、冬実が睨《にら》みつけながら蹴飛ばす。六花は前のめりに、玄関土間に倒れて額《ひたい》を強く打った。

「遅い。無能！」

無能。六花のことだ。

「申し訳ありません」

六花は、赤蔵家の長女として生を受けた。

赤蔵家の歴史は平安、源氏《げんじ》の武士として名を馳せた源頼政《みなもとのよりまさ》の時代まで遡《さかのぼ》る。頼政は大江山《おおえやま》の鬼退治で有名な源頼光《よりみつ》の玄孫に当たる、清和《せいわ》源氏の血筋の武士だ。

頼政の最も華々しい功績は、鵺《ぬえ》退治であろう。

『平家物語《へいけものがたり》』によれば、近衛《このえ》天皇を夜な夜な苦しめる鵺がいた。その鵺を見事、退治してみせたのが、弓の達人たる頼政であった。

源頼政は、清和源氏として初めて三位《さんみ》まで昇格したが、やがて、以仁王《もちひとおう》の乱に加担して、栄華を極めた平家一門に反旗を翻《ひるがえ》す。そして、志半ばで敗れて自刃《じじん》した。源氏の血筋たる源頼朝《よりとも》が平家を滅ぼし、鎌倉幕府を開いたのは、頼政失墜後の歴史である。

けれども、頼政の子孫は滅びず……秘かに赤蔵ヶ池で代々の役目を受け継いできた。

鵺は退治されていなかったのだ。

正確には、退治できなかった。頼政の弓によって射られた鵺は、住処である赤蔵ヶ池へ戻ってきて、回復のため眠りについたのである。

眠った鵺を監視し、結界を張って封じている一族が、赤蔵家だ。源氏の血を引き、平安の世から続く封印師の家系である。

それなのに、六花には結界を張る能力がない。

妖の類は見えるし、対話も可能だが、その程度。赤蔵に伝わる術など、なにひとつ使えなかった。只人に毛が生えたくらいの無能である。

それに引き換え、双子の妹である雪華は、天才と称されていた。一族随一の神気を宿しており、将来的には強固な結界を完成させるだろうと言われている。

「まったく、見送りも満足にできないなんて」

頭をさげて謝罪する六花に、冬実は薄らと笑みを浮かべた。

「封印師にもなれない。見送りにも遅れる。暗くて口下手で、嫁のもらい手もあるかどうか。本当に、あなたは一人ではなにもできない駄目な子。母は心配ですよ」

母からそう言われると、「ああ、そうなんだ。わたしはやっぱり無能で、駄目な人間だ」と思い知らされる。

「気をつけます」

六花は再び頭をさげた。

「いいよ、べつに。私は気にしてないから……」

母のうしろで不機嫌そうにつぶやいたのは、雪華だ。

光の加減で、赤みがかっている瞳や、ふわふわとやわらかい髪は、六花とそっくりだ。

雪華の薄い唇には、ほんのりとリップグロスが塗られており、乾燥した六花とは対照的である。

化粧のせいか、十八歳にしては、どこか背伸びした印象を受ける。垢抜《あかぬ》けない六花とは区別しやすいので、顔立ちが似ていても間違われることはない。

双子のはずなのに、まるで、光と影。六花は常に、雪華の影であった。

六花は立ちあがり、雪華へと歩み寄る。

「雪華、お弁当。がんばってください」

六花は精一杯微笑みながら、風呂敷に包んだお弁当箱を持ちあげた。雪華の好きなおかずをたくさん詰めている。

「……こんなに食べられないよ。それより、ずぶ濡れじゃない。早く拭きなよ……」

雪華は素っ気なく言って、六花の持っていたお弁当を受けとる。思ったよりも重かったらしく、顔をしかめた。

「もっと簡単な冷食とかでいいのに。大変でしょ」

雪華はボソリとつぶやきながら、六花を睨む。その視線に、ほんの少しだけ憐《あわ》れみのような色を感じて、六花はどう反応すればいいのか、わからなかった。

お弁当のおかずは、毎日すべて手作りである。冬実が「雪華の口に、既製品なんて入れないでちょうだい！」と、六花にキツく言ったからだ。けれども、それを正直に話すのは、母の手前、むずかしかった。

「口にあわないなら、作り直します」

「そこまでしなくていい……美味しいから」

雪華は小さな声で返しながら、お弁当を荷物に入れる。

お弁当を持つ雪華の指はボロボロで、絆創膏《ばんそうこう》だらけだ。

赤蔵に伝わる結界術には、破魔《はま》の弓を使用する。女の力では易々と引けぬ強弓だが、雪華は幼いころから訓練しており、自在に扱えた。神気が強いだけではなく、雪華はしっかり努力している。

無能で役立たずの六花とは違って。

「あと……これを」

六花は差し出がましいと思いながら、小瓶を取り出した。

「蜂蜜で作った軟膏《なんこう》。雪華は、がんばり屋さんだから……」

いつもがんばっている雪華のために。無能の六花ができることと言えば、これくらいだ。

「雪華には、高いハンドクリームを買ってあるわ。六花の手作りなんて、もらうはずないでしょう？　考えてわからなかったのかしら。だから、あなたは駄目なのよ」

すかさず、冬実が割って入り、六花の軟膏をとりあげる。口調はゆっくりだが、決して優しくない。六花は、背中を小さく丸めた。

「……ちょうど切れてたから、次のを買ってくれるまで使うわ」

けれども、雪華は軟膏の小瓶を母から奪いとる。冬実がなにか言う前に、荷物に軟膏を入れた。

「じゃあ、行ってくる」

雪華は六花に背を向けた。冬実も雪華についていく。これから、鵺の封印される池で修行をするのだ。封印師としての務めを全うするため、雪華は努力している。

「いってらっしゃいませ」

六花は妹と母に、頭をさげて見送る。まるで、使用人だ。無能で出来損ないの六花には、彼らと同じ家族として過ごす資格などない。幼いころから、そうやって育てられた。

平安の世より、鵺の封印を守り続けてきた赤蔵の結界は強固だが、今代の赤蔵家は特殊な事情を抱えていた。現在の当主は、六花の父・柊次《しゅうじ》がつとめているものの、病気がちである。家の奥で養生しながら、やっと結界を維持している状態だ。

力の強い雪華ばかりを持て囃《はや》すのも、当主の病弱さに起因する。早く雪華を一人前にして、当主の座を引き継ぐ必要があるのだ。無能な六花に構う余裕などない。

今日は喘息《ぜんそく》がひどくて、父は部屋から出てこなかった。さきほど、生姜湯を持っていったが、六花の言葉にはなんの反応もない。それでも時間が経つと、使用済みの食器が廊下に出ていた。

六花は頭をタオルで拭いて、食器を片づける。それからすぐに、洗濯が終了するメロディーが聞こえた。

洗濯物を抱えて外に出て、ふと空を見あげると、曇天が垂れさがっている。吐く息が白く、指先も凍りそうだった。

「嫌な天気」

天気予報では、夕方から雪という話だ。今日は早めに洗濯物を取り込まなければ。

六花は解《ほど》けていたエプロンのリボンを締め直して、庭へと回り込む。歩きながら、頭の中では夕食の献立について考えていた。

同じ年頃の子は、みんな大学受験をしている時期だ。けれども、六花は義務教育を終えて進学しなかった。家の役にも立てない者に、高校以降の学費は出せないと言われ、中学を卒業してから、家事手伝いをしている。

六花がいても迷惑をかけるので、家を出ていきたいと提案したこともあったが、両親からは猛反対されてしまう。六花のような無能は、社会に出たところで、野垂れ死ぬのがオチ。養ってやるのだから、ありがたく思えと、懇々と説教された。

六花は赤蔵の人間としてだけではなく、世間的にも無能で役立たずらしい。中学までの成績は悪くなかったが、そんなもので人間は測れないのだという。

どうせ、わたしなんて……。

いつしか、六花は背筋を丸めて、下を向いて歩くようになっていた。

きっと、このままなにも変わらない。

なにをするにしても、いつもあきらめがつきまとっていた。

2

六花には、ときどき思い出す記憶があった。

どこかの長い坂道を歩いている。手には蜜柑《みかん》を持っていて……それだけだ。これ以上は、思い出せない。誰かに会ったような、一人だったような気もする。

ただ、少し……嬉《うれ》しい記憶だった。

なにも覚えていないのに、感情だけが残っている。

そんな、いい思い出だけが、辛《つら》い日常から逃がしてくれるのだ。

「……………」

窓ガラスに風が当たり、音を立てていた。

久万高原町の厳しい寒さが、古い家屋の隙間から浸食している。暖房をつけていても、足元から全身に冷えが伝わってきた。

台所は、ことさら寒くて六花は身を震わせる。指先が凍りそうなのでお湯を使用するが、そうすると、手の脂《あぶら》が失われてしまう。

六花は蜂蜜の軟膏を指に塗布した。雪華に渡したものと同じで、六花の手作りである。

雪華は喜んでくれたかな？

普段、雪華とゆっくり話す時間はない。昔は二人で遊んだけれど、今は同じ家に住みながら、お互いに違う生活をしている。雪華は高校へ行きながら封印師の修練もしており、とても忙しそうだ。

トントントン、と。人参を切る音が台所に響く。

寒いので、今日の夕食は花粉《はなこ》ねり汁にするつもりだ。久万高原町の郷土料理で、乾燥させた地トウキビ、つまり、トウモロコシの粉を出汁《だし》で練って作る。素朴な甘みと温かさで、雪華の好きなメニューだ。

雪の日は、花粉ねり汁がいい。小さいころからの定番だった。

「あ……」

玄関が開く音がした。雪華と冬実が帰ってきたのだ。

二人を出迎えようと、六花は台所の作業をいったん中断する。

「おかえりなさ――」

急いで玄関に向かったが、六花の声は引っ込んでしまう。

「六花」

玄関には、母の冬実だけが立っていた。それだけならば特段、変わった光景ではないのだが……驚いた理由は、母が手に持ったものであった。

「綺麗……」

思わず口から言葉が漏れる。

冬実が手にしていたのは、純白の着物であった。結婚式に着る白無垢だという知識だけはあるものの、六花が実際に見るのは初めてだ。

「六花」

冬実の声音は、いつもより穏やかだった。口角をあげて、六花に対して微笑んでいる。

こんなに優しげな母は久しぶりで、六花は目を見開いた。

「あの……」

「六花、これを着てちょうだい」

「え？」

その白無垢だろうか。六花は状況が呑み込めず、返事が遅れてしまう。

そんな六花の肩に、冬実が白無垢を当てた。

「大丈夫よ。似合っているから」

玄関に飾ってある姿見を確認するけれど……そこには、いつもの六花が映っていた。根暗で冴《さ》えない陰鬱そうな顔。こんな上等な着物なんて不釣り合いだ。しかし、純白の着物を宛がうだけで、ワントーン肌が明るく見えた。

「さあ」

冬実が優しげな声をかける。

「は、はい……」

六花は雰囲気に流されるまま、返事をした。

「こっちへ来なさい」

冬実の声音は穏やかだが、肩をつかんだ指先が肌に食い込んで、痛かった。

声音に反して扱い方が少し乱雑な気もしたが、このときの六花は、大して気に留めていなかった――。


白無垢を着せられると、六花はすぐに外へと連れ出された。

着たといっても、洋服の上から羽織っただけだ。履き物はボロボロのスニーカーだし、お化粧や結髪もしていない。ひどく滑稽《こっけい》な格好だった。

「あの、お母さん……どうして、こんな格好を？」

理由も聞かされないまま山道を歩いて、六花は困惑を隠せなかった。胸騒ぎがして気分が悪くなってくる。

「もうすぐわかるわよ」

家を出るまでは優しげだった冬実の口調も、少しずつ、いつもの棘《とげ》を帯びていた。六花の背筋に汗が流れる。

「雪華は……？　雪華は、一緒じゃないんですか？」

「雪華には用事を頼んであるから、夜まで帰ってこないのよ。あの子には見せられないことだから」

まるで、雪華を遠ざけたような言い方だ。

「この先って……池ですよね？」

山道の先は赤蔵ヶ池である。

鵺が封印されている池に、無能の六花は必要ないと言われ、もう何年も近寄っていない。

こんな格好をする意味もわからなかった。

逃げたほうが……本能が六花に「おかしい」と告げていた。

「いいからついてきなさい！」

何度も質問する六花が煩《わずら》わしくなったのか、冬実は一喝した。六花は怖くなって、肩をビクリと震わせる。それっきり、もう母に質問するのはやめた。

「はい……」

六花は、とぼとぼと従順についていく。着物の裾《すそ》が地面につかないように持ちあげてみるが、歩きやすくならない。

「六花」

やがて、目的地に辿りついた。

赤蔵ヶ池だ。

池に来るのは、何年ぶりだろう。封印師として期待されなくなって、六花にとって縁遠い光景となっていた。

自然に囲まれ、豊かな生態系を育む池だ。しかし、雪の降る黄昏時《たそがれどき》では、鬱蒼と不気味な雰囲気が漂っている。

ヒョー……ヒョー……。

どこからか、よくわからない動物の鳴き声が聞こえた。地元の人間からは鵺の声だと信じられている。

「喜びなさい」

「？」

なんのことだろう。突然、冬実が満面の笑みで六花に両手を広げた。

「あなたのような無能でも、家の役に立つときがきたのよ」

「え？」

役に立つ？　わたしが？

そう聞いたとき、心にほんの少しだけ希望が宿った。六花でも役に立てる。そんな日が来るなんて……夢にも思っていなかった。

けれども、すぐに疑問と不安が押し寄せる。

母は、わたしになにをさせようとしているのだろう。

六花は自分の花嫁衣装を見おろす。注意したつもりだが、裾はやはり泥で汚れて、落ち葉もついている。全身にじっとりと汗をかき、衣の内側は気持ちが悪かった。

「わたし、なにをすればいいんですか？」

なにをさせられるの？

不安で、心拍数があがっていく。

「なにもしなくてもいいわ」

次第に、足元がぐらぐらと揺れる感覚があった。地震……そうではない。六花の身体がふらりと傾いて、立っているのが苦しくなってきたのだ。

「な……に……」

唐突な眠気が六花を襲った。平衡感覚を失って、六花は落ち葉の敷き詰められた地面に膝をつく。

頭が痛い。額から汗が噴き出て、目が開けていられなくなった。

この術には覚えがある……幼いころから、冬実が六花を折檻《せっかん》するときに用いていた。これをかけられると、身体の自由が利かず、悪夢に落ちてしまうのだ。それから、家の蔵に閉じ込められるのが常だった。

「あなたは生贄《いけにえ》よ」

冬実が近づく足音がする。

「なんのために、あなたのような無能を飼い続けていたと思う？」

悪意はなく、ただ純粋に説明するような口調であった。

六花は自らの肩を抱きしめながら、必死に呼吸する。

「あなたを鵺に喰わせるの」

冬実の言っている意味が、理解できない。

今まで、両親からは様々な言葉をかけられた。ひどい仕打ちも、たくさん。それでも、今日より衝撃を受けたことはない。

「赤蔵ヶ池の伝承は知っているでしょう？」

地元に伝わる伝承だ。

平安の世、源頼政が京に現れる鵺を退治した。

しかし、その鵺の正体は――頼政の母だったのだ。

思うような出世ができず、嘆いていた頼政を案じ、母は池の龍神にねがった。すると、たちまち母の身体は異形の鵺へと変じてしまう。醜い妖となった頼政の母は、雲にのって京へと渡り、夜な夜な天皇を苦しめた。

そうして、自ら子に討たれたのである。その功績をもって、頼政の出世は叶った……鵺が倒された日、赤蔵ヶ池は真っ赤に染まったという。

「でもね、伝承は誤りなの――頼政公は自らの母を殺《あや》められず、逃がした」

逃げた鵺は池に帰ってきた。しかし、身内ゆえに見逃したものの、不吉の象徴たる鵺を放置してはおけない。逃がした事実を帝に知られるのも都合が悪かった。こうして、頼政の命を受けた赤蔵家の先祖は、代々、鵺を池に封じる役目を負ったのだ。封じ続けていれば、いつか鵺は力尽きて滅ぶ。

「鵺は放っておけば、じきに死ぬわ。でも、殺してはいけないの」

なぜ？　頼政には母親への情があったかもしれないが、子孫は事情が違う。頼政も、鵺の自然消滅をねがって封印させたのではないか。

「頼政公の母はね、巫女《みこ》の血筋だったのよ。神気を宿し、邪を封じ込める……その力は、封印師たる子孫たちにも及んでいるの」

六花は反射的に耳を塞《ふさ》ごうとするが、すでに指一本動かせなかった。

「池の鵺が死ねば、赤蔵家の神気は絶えてしまうわ」

冬実の言葉一つひとつが、六花の脳を揺らす。

「だから……当主は自分の娘を一人、生贄に差し出しているのよ」

赤蔵家の力を守るために、妖に娘を喰わせる。そうやって力を繋いで生かしながら、鵺を封印してきた――一族の真相を聞かされて、六花は身体の震えが止まらなかった。

矛盾している。

なんのために、鵺を封印しているというのだ。自分たちの力を守るために、鵺を生かすなんて……おぞましい。当初、源頼政が望んだ一族の役割にも反している。

「あなたは、生贄」

天才の雪華ではなく、無能の六花が生贄だ。

これまで、なんの役にも立たなかった。そんな六花にようやく、役目ができる。

少しも嬉しくない。

今まで、両親は六花を生贄にするために育てた。家を出るのを反対されたのも、六花を逃がしたくなかったからだ。六花は巧みに、家に縛りつけられてきた。

「あ……あ……」

これまで、六花は愛されていると感じていなかった。それは六花がどうしようもない無能だから、仕方のないこと。妹の雪華とは違って当然だ。そう割り切って生きていた。

でも、両親は……最初から、六花を――。

「六花、ごめんなさいね」

冬実の口から、六花に対する謝罪の言葉を聞いたのは、記憶する限り初めてだった。

六花は淡い期待を抱いてしまう。

わたしは愛されていなかった。

でも、もしかすると……一抹の希望に縋《すが》りたくて、顔をあげる。

せめて、愛されなかったのは、未練を残さないためだと言ってほしい。この瞬間、冬実が少しでも悲しんでいてくれたら……そんな希望、いや、願望が胸に宿る。

「お母さ……ん……」

六花は、おそるおそる顔をあげていく。

そこに母親らしい感情があることを期待して——。

「——ッ」

けれども、希望は打ち砕かれた。

震える六花を見おろす視線は冷たくて。それなのに、唇には弧が描かれていた。

やっと、厄介者《やっかいもの》がいなくなる。そんな感情が透けて見えてしまうような……六花が求めていたものとは、かけ離れた表情であった。

ああ、無駄だった。

わたしの人生、なにもかも。

絶望した瞬間に、目が開けていられなくなる。六花は泥に沈んでいくような思いで、自らの意識を手放した。

もう、どうでもいい。

こんな人生、無意味だった——。

3

『悔しいのう』

誰かの声が聞こえた。

六花が意識を取り戻したとき、最初に目にしたのは黒だった。

闇をまとう空を、白い雪が舞っている。ひどく寒くて身体が動かないのは、水に浮いているからだろう。

気がつくと、六花は白無垢を羽織った姿のまま、池の真ん中に浮かんでいた。遠くからは死体に見えるかもしれない。

そうか。わたしは生贄にされたんだ。

ぼんやり自覚するものの、どうにかしようという気は起こらなかった。

『憐れよのう』

また声がした。

「……鵺」

六花には術を練る力はないけれど、妖の気配や神気の流れはわかる。

『恐ろしくはないのかえ?』

六花の目の前で、影のようなものが揺らめいた。

不気味な猿の顔、虎の手足、蛇の尻尾……様々な動物が複合した奇妙な姿の妖。なんとも形容しがたい歪《いびつ》なおぞましさがあり、背筋が凍りそうだ。

鵺である。

「もう……どうでもいい」

六花はつぶやいて目を閉じた。こうしている間にも、手足に当たる水草が触手に変じて、水底《みなぞこ》へと引きずり込まれてしまうのではないかと錯覚させられる。

『そうか。では、未練はないな』

未練。

未練なんて……思いつかなかった。

ふり返ってみても、なにもないなんて笑える。やはり、六花の人生は無意味だったのだ。あるとすれば……雪華が立派な当主になった姿を見届けられなかったこと。

「早く食べて……」

六花は無気力につぶやいた。

鵺はなにも答えない。代わりに、妖力が強まっていった。

強烈な妖気が六花を包んでいく。濃密な負の気配に、頭が割れそうだ。六花はせり上がってくる酸味を抑えようと、口に手を当てた。

「き――」

六花を鵺の妖気が拘束する。身体中が痛くて、熱くて、声にならない叫びをあげてしまう。六花の身体は、妖気によって宙へと浮きあがる。

喰われるんだ。これから。理解して、六花は身体の力を抜いた。

『なに……⁉』

しかし、急に妖気の性質が変わった。

鵺の声は、狼狽《ろうばい》しているのだろうか？

『これは……？』

なにを慌てているのだろう。突然、鵺は六花から逃げるように身を引く。

『なんという……龍かえ⁉』

妖気が嵐のごとくうねっている。その波動は、池の外側に張ってある結界をも揺るがすほどであった。

「う……！」

荒ぶる妖気に、身体が引き裂かれそうだ。とくに、右手の甲が熱い。焔《ほのお》に焼かれるような激痛だった。

なにが起こっているのか、六花には理解できない。ただ熱くて仕方がない手を冷やそうと、もがいていた。手の甲を水面に叩きつけて、必死で抵抗する。

さきほどまで、死を受け入れていたのに……。

「いや！　熱いッ！」

叫んだ瞬間に、鵺の妖気が消える。六花の身体を拘束する力も失せ、水面に打ちつけられるように落下した。

「ぐ、ぶ……はぁっ」

六花は必死に泳いで、池の岸へと向かう。底に足がつくと、這《は》うように岸を進んだ。

ただ、右手の甲に感じた熱だけはとれない。見おろすと、火傷のような痣《あざ》が浮かびあがっていた。

『驚いたのう』

鵺の声が頭に響いた。直接、脳内に語りかける感覚に、六花は吐き気がする。

『汝《うぬ》、龍の加護がついておるではないか』

加護？　覚えのないことを聞かれ、六花は戸惑う。

『危うく、そのまま喰らうところであったわ。これは迂闊《うかつ》に手を出せぬ……加護を解かねばのう』

混乱する六花に、鵺の言っている意味はわからない。

『まあよい。汝には我の呪いを刻んだ――三日で、汝は我のものじゃ』

六花は自らの右手を見る。蛇のような、猿のような、鳥のような……禍々しい火傷に似た刻印。鵺の姿を模《かたど》ったものであった。

鵺の言うとおり、呪われたのだ。邪悪な妖気の気配がする……そして、自分の死が近いことも感じてしまった。

六花は脱力した。なにも考えたくない。現実からいったん、目を背ける。

「どう……しよう……」

なぜ、そんな言葉が口からこぼれたのだろう。

一族のためを思えば、このままなにもせず死ぬべきだ。放っておけば、六花は呪いによって、鵺に身を喰われる。だから、考える必要なんてなかった。

それなのに……。

「怖い」

六花は自らの肩を抱いてつぶやいた。

そして、覚束ない足どりで立ちあがる。

あてなどないのに。

これが、六花の身に起きた不幸だった。

4

六花は今日一日を思い出しながら、現状を把握しようとする。

雪の舞う山道を歩いていたら、誰かの声に導かれて、不思議な門を潜った。小さな化け狐に案内されて、どこかの庭に迷い込んでしまう。

視線をさげると、池を水燈籠が滑っている。細い石の橋を進んだ先には、三階建ての日本家屋があった。軒に吊るされた、たくさんの提灯が暖かい光を放っており、現世《うつしよ》の景色とは思えない。

そして――。

「迎えにきたよ――僕の花嫁」

美しい容姿の青年が、六花に微笑んでいた。

おかしい……六花は周囲を見回す。

しかし、周りには六花以外の人間はいない。強《し》いて言うなら、足元で尻尾をふっている子狐さんだろうか。たしか、コマと名乗っていた。さっきまで、女の子の姿に化けていたはずなのに、いつの間にか、また子狐に戻っている。あまり変化が得意ではなさそうだ。

「花嫁って……？」

六花は戸惑いながら、コマに問う。すると、コマはキョトンと首を傾《かし》げた。

「ウチには、その……婚約者がおりますから。お客様のことじゃないでしょうか？」

コマは小さな手を両頬に当て、照れながらお尻を左右にふる。尻尾が動きにあわせて、クイックイッと揺れる様が愛くるしかった。

「わたしが……？」

六花はやはり状況が呑み込めず、自分の姿を見おろした。

普通の洋服のうえから、泥だらけの白無垢を羽織っている。全身ずぶ濡れで凍えそうな有様だが……この装いを指して「花嫁」と呼んだのなら、一応の納得がいく。

「外は寒かっただろう？　ずいぶん汚れてしまったね……さあ、こちらへおいで」

青年は六花に歩み寄りながら、手を伸ばす。

「お風呂に入って、温かいごはんでも食べなさい」

「あ……いえ……」

お風呂やごはんを用意させて、迷惑をかけたくない。六花はしっかりとした返事ができなかったが、青年は構わないようだった。六花の手を引いていく。

なぜだろう。引っ張られているのに、まったく強引だとは感じない。身体が導かれるように、青年についていくのがわかる。凍てついた胸の奥が溶かされるように、温かい。

こんな気持ちは、初めてだった。

「あなたは……」

「ロンとでも呼んでくれ」

青年は笑って、六花をふり返った。先ほどまで、水燈籠に照らされて橙色だった髪が、金色に輝いている。建物の灯りを反射しているからだ。

本当に綺麗……。

六花は彼が人ならざるものであると気づいていた。けれども、彼がまとう神気は人間とも妖とも違っていて……神、いや、神霊？　はっきりと断定できない。

玄関に入ると、まず出迎えたのは立派な切り絵だ。白い紙に宝船がデザインされており、朱色の台紙がついている。とても繊細な線が多く、遠くから見たら二色の絵画と間違えてしまいそうだ。

切り絵に気をとられていると、ロンが六花に向きなおる。

「これは必要ないね」

邪魔になっていた白無垢を脱がせてくれた。水を含んだ衣が、ばしゃんっと重い音を立てて落ちる。今考えれば、早く捨てればよかった。

「聞きたいことはいろいろあるだろうが、まずはお風呂に入っておいで。人間は身体を冷やすと壊れてしまうんだろう？　コマ、案内してあげて……」

ロンは、六花の頭をタオルで拭いてくれる。玄関に何枚か用意してあったようだ。

玄関の隅には、なにかを洗うためのブリキバケツと雑巾が置いてある。傘立ての隣には、長いものを挿すためのスタンドもあった。靴箱の一部もカウンターになっていて、市販のカイロや小さめの蜜柑、地図などが並べられている。品のいい玄関なのに、雑多な印象だ。

不思議に思っていると、ロンが首を傾げた。

「どうしたの？　……ああ、そうか！」

ロンは言いながら、なにかに気がついたようだ。

「そうだった。お風呂の入り方は、わかるかい？　僕としたことが、気が利かなくて申し訳ないね」

その問いに、六花はポカンと口を開ける。

「お風呂って……ここは、そんなに特殊な設備なんですか？」

「蛇口を捻《ひね》らないとお湯が出ないし、シャワーが身体に巻きつかないように注意する必要がある。青いほうが水で、赤いのがお湯。温度調整も意外とむずかしいんだ」

ロンの説明を聞いて、六花は呆気《あっけ》にとられる。

「ええと……たぶん、そのタイプのお風呂なら、大丈夫です……」

「本当に？　遠慮せずに言ってくれ。いつでも手伝ってあげるから」

ロンがあまりにも真剣なので、六花はどう反応すればいいかわからなかった。ただ、お風呂を「手伝う」と言われて、よからぬ想像が頭を過《よぎ》ってしまう。

「お手伝いなんて……ま、間にあっています！」

恥ずかしくて、つい強めに返した。

すると、ロンは寂しそうに肩をシュンとさげる。まるで子どものような仕草だ。

「旦那様に悪気はないんです。ちょっと人間がわかっていないだけなんですっ！」

見かねたのか、コマがフォローに入ってくれる。

「では、お風呂へ案内します。旦那様は、食堂で待っていてください」

コマは、胸を張って六花の前を歩く。ぴょこぴょこと、跳ねるような歩き方が可愛らしい。そして、しっかり者だ。

「あいたっ」

と、思った矢先。張り切りすぎたコマの足元が、つるんっと滑る。なにもないところで、こてんと転がってしまった。

「大丈夫ですか？」

六花は慌てて手を差し伸べた。

「あいたた……だ、大丈夫ですっ！　ウチ、立派な看板狐になるって決めたんです……って、耳⁉　変化が解けていますーっ！　どうしてですかー！」

コマは身体を丸めて頭を押さえていたが、慌てて立ちあがる。どうやら、いまさらになって、変化の術が解けていると気づいたらしい。急いで耳を隠そうと、ペタペタ頭に触れるけれど、時既に遅し。

その様がおかしくて、六花は笑ってしまった。コマは恥ずかしそうに頬を染めながら、コホンと咳払いする。

「コマさんは、緊張しているわたしを笑わせたかったんですよね」

コマがとても張り切るので、六花は微笑してみせた。すると、コマは両耳をピンッと立てながら、嬉しそうに尻尾をふる。

「そ……そうなんですっ！　お客様の笑顔、とっても素敵ですぅ！」

「ありがとうございます、コマさん」

六花は、改めて周囲を見回す。

コマはここを宿だと言っていた。お風呂場へと続く廊下には客室は見当たらないが、きっと、どこかに宿泊客がいるのだろう。

不思議な門から繋がる、不思議な宿。

普通の人間向けの宿とは思えなかった。

5

お風呂はちょうどいい温度だった。

小さいながら露天風呂もあって、贅沢《ぜいたく》すぎる時間を過ごしてしまう。こんなにくつろいだのは、初めてかもしれない……脱衣場で長い髪を乾かしながら、六花は一息つく。冷たいお水やマッサージチェアまで用意してあって、至れり尽くせりだ。

気になるのは、少し掃除が雑なことくらいか。しかし、もう夜も更けているため、営業時間外なのかもしれない。

六花は髪を乾かし終え、荷物を持って脱衣場を出る。宿の浴衣《ゆかた》はサイズがピッタリだし、髪留めまであって親切極まりない。なにからなにまで……逆に居心地が悪かった。

「え……」

脱衣場から出て、六花は固まってしまう。

「六花さん、待ちくたびれたよ。お風呂はどうだった？　困ったことはなかったかい？」

扉の前に、ロンが立っていた。しかも、六花をずっと待っていたかのような口ぶりだ。

六花は呆気にとられる。

「食堂で、将崇《まさたか》がごはんを用意しているよ。僕が案内してあげよう。おいで」

ロンは言いながら、六花に手を差し伸べた。

プラチナのような髪や、美しい見目は冷ややかな印象を与えるものだ。けれども、六花に手を差し出すロンの表情は、ポカポカと温かい。

お風呂の前で待っていたのは、ちょっと驚いたけれど……。

「ロンさんは……いい人なんですね」

「人ではないよ」

ロンは六花の手をにぎる。神気は強力だが、肌の温かさは人と同じだ。

「……妖、でもないですよね？」

「僕の正体がわかる？」

「わたし程度には、よくわかりませんが……神様に、近いような……そうではないような？」

あいまいに答えると、ロンも困った表情を浮かべた。

「むずかしいね。龍神なんて呼ばれ方もするが、適当ではないかもしれない」

ロンにも形容しがたいようだ。龍神とはいうが、神様よりも神獣や霊獣に近い気もしている。

「ここは、なんですか？　あと、わたしお金を持っていなくて……」

「お金はとらないんだ」

ロンがあまりにはっきり言うので、六花は不安になった。

「でも……」

「順を追って話そうか。こちらへおいで」

ロンは六花の手を引きながら笑う。さきほどもそうだったが、やはり強引さはない。導かれるように、六花は足を前に出した。

身体が軽い。

ロンに案内された場所には、「おもてなし食堂」という暖簾がかかっていた。

「下駄を使うといい」

六花はロンに勧められるまま下駄を履く。しかし、室内なのに下駄が必要な理由が、ピンとこない。

「お腹が空いているだろう？　人間は食べないと死ぬからね」

ロンは言いながら、引き戸をガラガラッと開けた。

その瞬間、六花は小さな違和感を覚える。戸の向こうとこちらで、違う空気が流れているような……暖房の温度差だろうか。本当に些細《ささい》な違和感だ。

「失礼します……」

食堂そのものに変わった様子は見られなかった。

四人がけのテーブルが三つ並んでいて、調理スペースはオープンキッチンだ。カウンターに、切り株の椅子が置いてあって、木の温かみがある。大人数での使用は想定しない、小規模なこぢんまりとした食堂だ。

床は土間になっており、下駄がカラコロと鳴った。

「いらっしゃいませー！　おもてなし食堂へ、ようこそっ」

さきほどのコマが、両手をふりながら出迎えてくれる。そういえば、コマは宿の仲居と食堂の看板狐を兼任していると言っていた。

食堂は宿の中にあるのに、兼任？　よくよく考えると、妙な話だ。

「こちらへお座りください」

コマはカウンター席を示して笑う。しかし、なにかに気がついたのか、慌てて右往左往しはじめた。

「はっ……え、っと……座布団！　座布団！」

しっかりしなきゃ～と、自分の頬をぽにぽに叩きながら、コマはカウンターの椅子に座布団を置いてくれた。

「ありがとうございます」

「いえいえ、看板狐ですからっ！」

コマは胸を張って腰に手を当てた。

「おい」

コマにすっかり気をとられていたが、カウンターの向こうから声がして、六花は肩を震わせる。もう一人いたようだ。

「夜中に客なんて聞いていなかったぞ」

むすっと口をへの字に曲げて立っているのは、六花と同い年くらいの男の子であった。やわらかそうな猫っ毛が印象的で、やや不機嫌そうに腕組みしている。黒い作務衣《さむえ》にエプロンというスタイルから、料理をする人だとうかがえた。

「将崇、悪かったね。僕が呼んだんだよ」

ロンが間に入って説明する。将崇は、「ふんっ」と鼻を鳴らして、六花をまじまじとながめた。

将崇からも、妖の気配がする。おそらく、コマと同じ変化術を使っているのだろう。コマに比べると熟練しており、人間にしか見えない。

「紹介するよ、六花さん。将崇は、おもてなし食堂の店主だ。宿の者ではないが、店を共有している」

「共有……？」

「そのへんについては、あとで説明する機会もあるだろう。先に、お料理を食べなさい」

「でも、わたしなにも聞いていません……」

この場所に関する説明は、もうずっと後回しにされている。六花は不安で目を伏せるけれど、ロンは優しげに微笑んだ。

「君は、こんなにボロボロなんだ。ゆっくりしてから、落ちついて話したほうがいいように思うね」

先にお風呂やごはんを勧めてくれたのは、六花が泥だらけでお腹を空かせているからだ。たしかに、六花の空腹は限界に達していた。

「ごはんの食べ方はわかる？　食べさせてあげよう」

ロンが悪気なくこう続けるので、六花は慌てて両手を前に出して制した。

「け、結構です。ごはんは一人で食べられます！」

ロンはちょっと残念そうに肩をさげていた。なんとなく、食べさせたかったように見えて、六花は気まずくなる。

やりとりを見ていた将崇が息をつく。

「注文は聞かない。ここでは、俺が出したいものを食べてもらうぞ」

将崇は短く説明しながら、膳を六花の前に置く。

「師匠は歓迎しているんですよっ。お客様がお風呂に入っている間に、急いで用意してくれました」

「な……！」

コマの説明に対して、将崇は顔を真っ赤にしながら、口をパクパクと開閉させた。照れているらしい。

無愛想に振る舞っているが、コマの言うとおり歓迎しているようだ。

「あ……」

膳に並んだ食事を見て、六花の口から声が漏れた。

つやつやと、白いごはんの粒が輝いている。香の物の盛り合わせは、一つひとつ、ていねいに漬け込んだものだとわかるし、小鉢の大根も出汁の色をよく吸っていた。お腹を開いて干されたカマスの塩焼きは、身がふっくらとしている。

そして、湯気がのぼる温かい椀物……白っぽく濁った色味と、甘くて香ばしい匂いが、六花の鼻孔《びくう》を刺激する。

「花粉ねり汁」

ちょうど、六花が今日の夕食にと思って、台所で調理していた料理だった。途中で冬実に池へ連れ出され……生贄にされて呪われた。

六花は弱々しく両手をあわせる。

「……いただきます」

箸《はし》を上手く持てる自信がなかったので、椀を包むように持ちあげた。

「あったかい」

濁った汁を口に含むと、ほんのりとした甘みと香ばしさで満たされる。あとから追ってくるように煮干し出汁の風味が感じられ、身体が芯から温まっていく。牛蒡《ごぼう》がたくさん入っているのに、不思議と主張が激しくなく、いい塩梅《あんばい》で、トウキビ粉や野菜の甘さが引き立っていた。

「美味しいです……」

六花の作る花粉ねり汁とは違う。

でも、たしかに故郷の味だった。

「本当に……美味しい……温かくて……」

今日の出来事は、頭から離れない。母から生贄として差し出されたことも、鵺に呪われて死にかけていることも、なにもかもが現実だ。

それでも、この汁を飲んでいると……ささやかな楽しみもよみがえってくる。

幼いころ、雪華と遊んだ山の記憶。冷たい雪を丸めて投げあって、競うように家に帰って……火鉢で手を温めた。雪華はこっそりと、自分だけに与えられた焼き芋を半分分けてくれたっけ。あのときのお芋の甘さは、忘れられない。

雪華……。

妹はどうしているだろう。雪華は、六花が生贄にされると知っていたのだろうか。

六花に優しく手を差し伸べてくれたわけではないが、突き放してもいなかった。六花の作るごはんを、美味しいと言ってくれたのは、雪華だけだ。

久万高原町の景色も好きだった。山に囲まれ、冬は厳しい寒さの日も多いけれど、自然が豊かでゆったりとした時間が流れている。その中を、白い装束をまとったお遍路さんたちが歩いていくのだ。六花はお遍路に詳しくないものの、日常の風景である。道を聞かれることもあったので、ときどき案内もした。こんな六花でも、誰かに感謝されると嬉しい。

両親に愛されず、死にかけて、呪われて……それでも、胸の底には温かい記憶が残っている。

六花の頬に、ぽろぽろと涙がこぼれた。指先で拭《ぬぐ》うが間にあわず、浴衣の袖を使ってしまう。歯を食いしばっても、唇の端から嗚咽《おえつ》が漏れて身体が震える。そのうち、耐えきれなくなって、声が大きくなった。

「わた……し……死に……たく……な……」

もうどうでもいい。さっさと喰らってほしい。

鵺の池に浮かんでいるときは、そう思っていた。

なのに、今は怖い。

このまま死んでしまいたくなくて、子どもみたいに声をあげて泣いていた。

「六花さん」

そんな六花の肩に、ロンが手を添える。震えを抑え込むように力強くて、けれども、優しくて。身体に入った力が抜けていく。

六花は泣きじゃくりながら、夢中でロンに縋りついてしまう。子どものころから、親に甘えたことなんてなかった。こうやって誰かに縋るなんて、初めてだ。

「こうしてあげると、落ちつくんだね？」

どれくらい泣いてしまっただろう。

しばらくすると、ロンが優しげに声をかけてくれる。頭をなでられる感覚が心地よくて、ずっとこうしていたい。

いつの間にか、ロンは包むように六花を抱きしめていた。六花はさすがに申し訳なくて、身体を離す。

「す……すみません……」

初対面の男性に、こんなことをさせるなんて……六花は顔から火が出るほど恥ずかしくなった。本当に子どもだ。

「君には、呪いがかかっているね」

口下手な六花の代わりに、ロンが問う。

六花はなんの言葉も口にできず、コクンとうなずくしかなかった。

ロンは六花の右手をとり、呪いの模様を観察しはじめる。

「鵺かな……こんな事態になるなんてね、すまなかったよ。遅かった」

刻印を見るロンの視線には、痛ましさすら感じた。

「これは解けない呪いだ」

しばらく観察したあとで、ロンは静かにつぶやいた。

ロンは人間や妖よりも、ずっと神気が強い存在だ。その彼が「解けない」と言えば、きっと正しいのだろう。

「そうですか……」

一度は納得して受け入れようとした。だが、今の六花にとって、ロンの言葉は重い石のように、胸にのしかかってくる。

「どうして、この呪いを受けたか教えてくれるかい？」

ロンに問われ、六花は震える身体を抱きしめながら、これまでの経緯を説明した。その間、ロンはもちろん、将崇やコマも黙って聞いてくれる。

「ひどい話だな」

六花の話に区切りがつき、つぶやいたのは将崇だった。コマも神妙な面持ちで、尻尾をぺしょんとさげている。

ロンは、しばらくなにも言わずに考え込んでいた。

「わからないことがある」

やがて、ロンは静かに口を開いた。

「君の親は、どうして六花さんを無能などと呼んだ？」

「それは……わたしに、結界を張る力がなくて……」

「たしかに、六花さんには、結界を張る力はない」

ロンの言い回しに引っかかりを感じた。

「赤蔵家の当主になる力は、たしかにないんだと思う。でも、君は無能なんかじゃないよ」

「だって……」

「神気の使い方は、一つじゃない。自らの神気を術にするだけではないんだ。言ノ葉《ことのは》に力を込めて、鬼と対話する鬼使いだっている。神の力を借りて、術に変える者も——六花さんは、このタイプだよ」

「え……」

神の力を借りて？

「神気には、それぞれ特性があるからね。わかりにくいかもしれないけど、君は無能なんかじゃない。きちんと、力を宿して生まれた子だよ」

六花は無能ではない。

ずっと、自分には価値がないと思って生きてきた。だが、違うのだとロンは言う。

ロンは六花の右手に、指を絡めてにぎりしめる。

人肌の温かさと一緒に、なにかべつの熱——神気が伝わってきた。

「例えば……そこの茶碗を動かすイメージをしてごらん」

ロンに指示されて、六花は戸惑いながらもうなずく。

白いごはんが盛られたお茶碗。六花は見つめながら、「浮け！」と念じてみた。頭の中には、五センチほど浮いたお茶碗をイメージする。

ロンに触れた肌から神気が流れて、六花の身体を巡った。熱くて、冷たくて、なんだか不思議な感覚がして、五感が研ぎ澄まされていく。

「あ……」

お茶碗が動いた。スーッと、膳のうえを滑るように回っている。

浮くことはなかったが、六花の念が通じたのだ。こんな風に、神気でなにかをするなんて初めてだった。

ロンは龍神のようなものらしいので、彼の神気を借りてお茶碗が動いたのだろう。

「ほら。無能なんかじゃない」

ロンは笑って、六花の右手を両手でにぎった。

「おい」

将崇が眉根を寄せながらロンに声をかける。しかし、ロンは「いいじゃないか」と、笑っていた。どういうやりとりなのか、六花には理解できず右往左往する。

「あとで困っても、知らないんだからな」

やがて、将崇はため息をついて腕組みする。

ロンは気をとりなおして、六花に向きなおった。

「とにかく。六花さんの神気は、使いようによっては邪をも祓《はら》える優秀な力だ。無能なんて、もう呼ばせたりしないよ」

深く踏み込ませたくないと言いたげに、ロンは話の続きをする。六花は気になりつつも、魅力的な言葉に意識を引きずられた。

「邪をも祓える……？」

「そうさ」

「たとえば、それって……鵺も？」

「呪いが解ければ、できるはずだよ」

今までの人生は、なんだったのだろう。六花の胸には嬉しさや達成感よりも、徒労感と……しかし、自分にもできることがあるかもしれないという希望が見えてきた。

なのに、気持ちは晴れやかにならない。鵺を祓えると言っても、先に呪いを解かなければいけないようだ。それでは意味がない。

六花の死は呪いによって決められている。

ロンはさきほど、はっきりと「これは解けない呪いだ」と言った。希望なんて持つだけ無駄だ。

「鵺は、どうしてお客様を食べられなかったんでしょうか？」

コマが疑問を口にして会話に入る。

「そういえば、わたしには加護があるって……」

鵺はたしかにそう言っていた。

「加護を解かないと、喰えないようです……そのために、わたしに呪いをかけた、と」

加護とは、なんだろう。身に覚えがないが、今思えば、重要な情報に違いない。

「覚えていないの？」

「え？」

不意にロンが問うので、六花は目を瞬かせた。

「いえ……加護など授かった記憶がないので」

いったい、いつどんな目的で、誰が六花に加護を授けたのか見当もつかなかった。

しばらく見つめあっていると、やがてロンは六花から視線をそらした。

「そうだな……六花さんは、その加護とやらに守られたんだろうね。だから鵺は、君を喰えなかった」

ロンが六花の話を整理してくれる。

「鵺は君を喰うつもりが、逆に加護に撃退されたというわけだ。しかし、その加護は永続するものではない。ある程度のダメージを受けると消えてしまう。ゆえに呪いをかけて、じわじわと加護を取り除こうと考えたんだろう。姑息だね」

ロンの説明に、六花は納得してうなずく。鵺の話とも一致している。

「でも、ついているのは加護なんだろう？　さすがに、授けた奴は気づいているんじゃないのか？　なんで、その子を助けにこないんだ？　どこかの神かなにかだろうに」

六花には加護の仕組みはわからないが、将崇には解せない話らしい。納得がいかないと言いたげに首を捻っていた。

「さあね。忘れているのかも」

ロンは将崇の問いには、受け答えが雑だった。まるで話を流したいような素振りだ。将崇もそれ以上は突っ込まず、不機嫌そうに口を曲げてしまった。

六花は右手の甲を改めて見つめた。鵺を模った刻印は薄れない。触っても痛くはないが、禍々しい呪いの気配を感じる。

「僕に考えがある」

その手の甲に、ロンが包むように手を重ねた。鵺の刻印が覆い隠される。

「呪いは解けないけれど、上書きならできる。幸い、池の鵺が相手なら、僕は相性がいい」

「上書き……？」

ロンは力強くうなずいた。

「呪いとは、契約だ。鵺は君の身体に、〝三日後、加護が解ければ鵺に喰われて死ぬ〟という約束をした形となっている。この約束は必ず履行されるが……強い契約で上書きしてしまえば、話はべつだ」

「強い契約……」

「そう。双方の合意のうえ、べつの契約を結ぶ。荒技だけどね」

ロンは両手で六花の右手を包み込んだ。

「六花さん。僕と契約しようか」

真摯《しんし》な眼差しで提案されて、六花は唇を震わせた。

「生きたいんだろう？」

生きたい。

今の状況では、ロンに契約の上書きをしてもらう以外に、六花が助かる道はない。けれども、流されるままにうなずいてしまって、いいのだろうか。

六花は、今一度考える。

ロンの力を借りてまで、生きたいか。

「ロンさん」

六花は掌にキュッと力を込めた。

「わたしは……死にたくないです」

六花は顔をあげる。

今までの六花は、家の役に立てない無能だった。

けれども、もう帰れない。

これからは、自分のために生きる。

六花に力があるなら、ちゃんと使えるようになりたい。

六花一人では、とても成せない。

生きるために、ロンを頼ろう。

そして、呪いが解けたら――。

「わかった。ありがとう、六花さん」

ロンは六花の手の甲をなでた。

ふわりと香ってくるのは、白檀《びゃくだん》だろうか。上品で優雅な香《こう》をまとうロンと一緒にいると、気恥ずかしくなってくる。

「今から、契約の儀を執り行う」

「……ここで、ですか？」

儀式というからには、もっと手順を踏むものかと思ったが、そうでもないらしい。六花は両目をぱちぱちと見開いた。

「うん。ここは石手寺《いしてじ》だからね。地脈もいいし、問題ないよ」

「え？」

石手寺？　どこのお寺なのか、六花にはパッと思いつかなかった。

たしか、六花は岩屋寺近くの山中を歩いていたはずだ。

聞き間違いだろうか。

「赤蔵六花」

混乱している六花に、ロンが向きなおった。

「は、はい」

六花は緊張して身を強《こわ》ばらせる。

ロンは六花との距離をさらに詰めて、肩に両手を置いた。六花はロンを見あげて固まったままだ。

六花を安心させようとしてくれているのか、ロンは終始微笑していた。こうして真正面から見ていると……やはり、ロンは美しい。なのに、女性的だとは感じさせず、たくましさと頼もしさが共存していた。

青天の瞳には、六花だけが映っている。

ロンは六花の額に、自らの額を軽くつけた。

「目を閉じて」

六花はまぶたをおろして、視界を手放す。気品のある白檀の香りだけが、ロンはそばにいると教えてくれた。

風が吹き、浴衣の裾がふわりと揺れる。

身体の奥底から、じわりと熱が広がった。それが血管を伝って身体中を巡り、右手の甲に集まっていく。さきほども感じた神気の流れと同じだ。

「あつ……ッ」

やがて、手の甲が焼けるように痛みはじめる。鵺の呪いを受けたときほどではないが、六花は思わず顔を歪めた。

「そのまま、じっとしていて」

六花を宥《なだ》めるような声音が心地よい。ロンの言うとおり、六花は歯を食いしばり、耐えるように待った。額に汗がにじんでいる。

「………」

必死に耐える六花の唇に、なにかが触れる。

この感触は、なに？　やわらかくて、温かくて、優しくて……身体の底から蕩《とろ》けそうな、甘い熱だった。

しかし、儀式の途中に六花が目を開けて確かめることはできない。

やがて徐々に身体の熱がおさまってきた。燃えるような熱さに見舞われた右手も、凪《な》いだように穏やかになる。

いつの間にか、息があがっていた。心臓がばくばくと音を立てて、耳まで響いてくる。

「落ちついて、深呼吸して。吸って……吐いて……」

ロンの声は、ゆっくりと闇から光へと六花を誘《いざな》うようだった。六花はロンの声にあわせて、息を吸って、吐き出す。

「もう、目を開けても大丈夫だよ」

そうして落ちついた頃合いで、ロンは六花の頭をなでる。指先が髪から額へ、額からまぶたへとおりていく。

「印が……」

右手を見おろすと、六花はすぐに異変に気づいた。

鵜を模った刻印が消えている。

代わりに、べつの模様が浮きあがっていた。

「文字？」

梵字《ぼんじ》のようだ。六花には知識がなくて読めないが、刻印は文字に変化していた。

「百八と書いてある」

「百八？」

たしか、人間には百八の煩悩《ぼんのう》があるという。除夜の鐘が百八回打ち鳴らされるのは、煩悩を除くためである。

「呪いは契約によって書き換わった。〝三日後、加護が解ければ鵺に喰われて死ぬ〟という呪いを、〝三年で百八の功徳《くどく》を積まなければ喰われて死ぬ〟に上書きした」

不思議がる六花に、ロンはていねいに説明してくれる。

「こういう呪いには決まりがあってね。まず、三という数字は押さえなければならない。そして、死の約定である限り、ここも曲げてはならない部分だ。その範囲で、君に猶予《ゆうよ》と抜け道を用意する呪いに書き換えた」

呪いの性質は変えられないが、条件をいじることなら可能。そういう話だと理解した。

六花には呪術の知識がないので、本当にロンの言うとおりに書き換わったのか半信半疑だ。けれども、実際に呪いの刻印が変わっているし、身体も軽くなっていた。

「安心して」

六花の不安を察したように、ロンが身を屈《かが》める。視線がぱちりとあって、六花は緊張する。こんなに綺麗な男性と見つめあっていられない……。

六花はできるだけ、ロンから距離をとろうと、じりじりうしろへさがった。けれども、そんな六花を、ロンはしっかりと引き寄せた。六花は思わず声を裏返らせてしまう。

「僕たちは、夫婦になったんだから」

まるで、「今日は雪ですよ」と、天気の話でもするくらい何気ない口調であった。だから、六花はロンが言っている意味が、すんなりと頭に入ってこない。

「え？」

ポカンとする六花の頬に、温かな感触が当たる。

ロンの顔が離れて、初めてそれが唇だったと気がつく。

「な、なんですか、急に……⁉」

ようやく状況を呑み込んで、六花は声をあげた。

しかしながら、ロンは至極当たり前の態度でケロッとしている。

「夫婦の契約を交わしたんだ。これくらい当然だと思うけど？」

「え……いつ……ですか？」

搾り出すような声で問うと、ロンはキョトンと首を傾げる。

「接吻《キス》しただろう？」

いつ？　六花は目を閉じている間のことを思い返す。なにかが唇に触れたと思ったが、まさか、あれはロンの⁉

「呪いを上書きするには、強い約定が必要だ。六花さんは、僕の伴侶《はんりょ》となることで、呪いを書き換えたんだよ」

「伴侶……夫婦……結婚の……契約……」

六花の頭で、単語ばかりがぐるぐると回る。

たしかに、婚姻は家と家、血筋が交わる重要な儀式だ。ロンの言うとおり、呪いに対抗する強い約定になり得る……が。

「そんな話、聞いてなかったです」

六花が必死で抗議すると、ロンは不思議そうに頭を掻《か》く。

「そうだった？」

「そうです！」

今度は、もっと強めの声が出た。

「念のために聞きますが、契約を解除……」

「したら、呪いの書き換えは不成立だね」

「そうですよね」

一応の確認をして、六花はへなへなと、カウンターの椅子に座った。

「ちょうどよかったんだよ。僕は人間が知りたくてね。そのために、この宿も開いているようなものなんだ。六花さん、僕に人間を教えてよ」

人間を教える……？

「手はじめに、君を溺愛《できあい》してみようと思う。人間についての理解を深めたい」

「で、でき、あい……？」

すぐに漢字変換できなかったが、溺愛だ。溺愛。縁遠い言葉過ぎて、なんのことかわからなかった。

つまり、六花は呪いを解くために、ロンは人間を知るために。お互いの利益で婚姻関係を結んだというわけだ。

しかし、だからと言って、溺愛とはなんだ。具体的になにをするのか、六花には見当もつかなかった。

「ウチは、旦那様に奥様ができて嬉しいですよ」

コマがふわふわの尻尾を揺らしながら笑っている。一方、将崇はキッチンで苦笑いしながら息をついていた。

「宿の経営者がいいなら、俺に異論はないぞ」

そういえば、ここはなんの宿なのだろう。お客が見当たらないし、ずっと不思議だった。

「まあ。ちょっと説明が遅れてしまったけど」

ロンは改めて、六花に手を差し出す。

「ようこそ。〝道しるべ〟へ」

「道しるべ?」

六花は小首を傾げた。

「この宿の名前だよ。四国遍路八十八ヶ所を巡る、妖の宿だ。最初は人間向けだったんだけど、誰も来てくれなくてね。六花さん、協力してくれる?」

四国遍路……。

白い装束をまとって歩くお遍路さんは、六花にとって身近な存在だった。けれども、彼らが泊まる宿なんて、行ったことがない。しかも、妖の？

今日起きた出来事を整理するだけでも、頭がパンクしそうだ。

それでも……。

六花は、無意識のうちに、目の前に差し伸べられた手をとる。

「よろしくね。僕の花嫁」

笑いかけるロンの顔は、どんな甘露よりも魅力的で優しくて……美しかった。

二. 無能同士

1

四国遍路八十八ヶ所巡り。

弘法大師空海《こうぼうだいしくうかい》が修行したとされる八十八の寺が霊場に指定されている。弘法大師の足跡を巡ることで、功徳を得るというのが目的だ。

徳島県霊山寺《りようぜんじ》から、香川県大窪寺《おおくぼじ》まで、実に千二百キロメートル。平坦な道ばかりではなく、難所と呼ばれる坂も多数存在する長い旅だ。

元来、僧侶が修行で歩く道であったが、江戸時代中期ごろより、一般庶民も遍路をするようになった。お伊勢《いせ》参りのように、観光を兼ねた巡礼が広まったためである。四国遍路は現代まで続き、白い装束を着たお遍路さんの姿が絶えない。

四国には欠かせぬ文化となっており、外国からの巡礼者も増えている。巡礼の道を世界遺産に登録しようという動きもあった。

「〝道しるべ〟は、お遍路さん向けの宿なんです」

もふもふの尻尾を左右にふりながら説明してくれるのは、コマだ。頻《しき》りに六花を見あげては、嬉しそうに口を緩めていた。

六花が宿に来てから、今日で三日経つ。呪いの上書きは成功したようで、六花はまだ生きていた。

疲れもあって休んでいたけれど、六花はコマに宿の案内を頼んだ。これから住まわせてもらうのだから、いろいろ把握しておきたい。

「ふふっ。教えるのは気分がいいですぅ」

クイックイッと、尻尾の動きで感情がよくわかる。可愛らしいなと、六花は思わず微笑んでしまう。

「よろしくおねがいします」

「はいっ！　おまかせください！」

コマは、宿の仲居さんだ。正確には食堂の看板狐らしいが、現状、兼任している形であった。

「宿への入り口は、いろんな場所に現れるんです。たいてい、四国八十八ヶ所の札所《ふだしょ》付近に出現します。あ、札所というのは、お寺のことです。お遍路さんが納札《おさめふだ》を奉納するので、そう呼ぶんです。宿の従業員は、好きな札所の近くに扉を開いていけますよ。各地の特産品を買いに行くのに、便利なんですぅ」

六花が質問する前に、コマはあれもこれもと教えてくれる。張り切っているようだ。

六花は宿に来たときのことを思い出す。雪が降る山中に、忽然と門だけが建っていた。あのように、門だけが出現する仕組みなのだろう。

「お客様が入ってくるときは、どうなっているんですか？」

入り口が固定されていないのであれば、客は訪ねようがない。六花の質問に、コマは「よくぞ聞いてくれましたっ！」とばかりに腰に手を当てた。

「妖のお遍路さんは、宿の呼鈴を持って旅をしています。鈴を鳴らせば、道が拓《ひら》かれるんですよ。鈴は一番札所の販売所に置かせてもらっています」

なるほど。しかし、六花には新たな疑問がわいた。

「でも、わたしはその鈴を持っていませんでした」

「そうなんですか？　旦那様から、お迎えを頼まれたんです。てっきり、奥様が鈴を持っていたんだと思っていました」

そういえば、コマは六花が門を潜る前に出てきた。あれは、六花が来ることをロンから聞いていたので、出迎えてくれたというわけだ。

「鈴がないなら……魂のありどころがあいまいだったからじゃないでしょうか？　それで、ときどき人間のお客様が迷い込んでくるんですよっ」

「魂のありどころ？」

六花は首を傾げる。

「たとえば、強く死をねがっているとか、大病をして余命が短いとか……そういう方にも、宿の門が現れることがあります。奥様の場合は、鵺から死の呪いを受けていますから」

コマは得意げにスラスラと説明してくれる。そそっかしいところもあるけれど、頼りになる子狐だ。

六花は改めて右手の甲を見おろす。呪いの内容は書き換わったが、消えたわけではない。今でもまだ、不気味な鵺の声が聞こえてきそうだ。

「奥様、大丈夫ですか？」

暗い顔をしていたようだ。コマが心配そうに六花を見あげていた。

「大丈夫です。お気遣いをありがとう……でも、奥様は……ちょっと」

六花はコマを安心させようと笑うものの、やはり、「奥様」という呼び方は馴染まない。むず痒《がゆ》くて居心地が悪く、自分を指しているとは思えなかった。

「奥様は奥様ですよっ。旦那様の花嫁ですから！」

「花嫁じゃないですよ」

ロンは、六花を死なせないために契約してくれただけだ。それに、人間を知りたいとも言っていた。相手は誰でもよかったはずで、たまたま、いい条件の六花が転がり込んだに過ぎない。

――手はじめに、君を溺愛してみようと思う。

溺愛って……。

頭がぼうっとしてくる。この三日、なるべく考えないようにしていたが、気が緩んできたようだ。ロンに口づけされたときのことがよみがえる。

「わたしとロンさんは、ただの契約結婚ですから」

そう。六花とロンは契約結婚だ。呪いを回避するため、契約したに過ぎない。六花は、自分にも言い聞かせた。溺愛の部分は、きっとそんなに重要ではない。ロンは人間について学んでいる途中なので、勘違いしているだけだ。

「？　そうなんですか？」

あの場にコマもいたはずなのに、忘れたというのだろうか。コマは不思議そうに聞き返した。

「まあ、なんであれ結婚なんてうらやましいですよっ」

コマはすぐに、ぴょこっぴょこっと両手を広げてみせた。

「ウチは、まだ試験中ですから」

「試験？」

「はいっ」

コマはぴょんぴょんっと、跳ねるように前を歩く。いつの間にか、食堂の入り口まで辿りついていた。

「師匠は伊予《いよ》八百八狸《はっぴゃくやたぬき》の総大将、隠神刑部《いぬがみぎょうぶ》の孫なんですっ」

四国は、狐よりも狸の伝承が多く残る地域だ。弘法大師空海が、悪さをする狐たちに説教をして、追い出したという逸話もあり、狐の立ち場が弱い。

隠神刑部は、四国三大狸に数えられる大妖怪だ。

「師匠って、将崇さんのことですか？」

「そうですっ。ふふ……ウチ……プロポーズされてるんですぅ」

コマは両頬に手を当てながら、顔を蕩けさせている。狐の姿をしているが、恋する乙女そのものの仕草だった。

「でも、食堂の経営が軌道にのるまで、試験中なんです。ウチ、看板狐としてがんばらなきゃいけないんですっ」

ただでは結婚させないというわけか。隠神刑部は、厳格で恐ろしい妖だろうと、六花は想像した。ここで働いていたら、会うこともあるのだろうか？

「宿の食堂って、そんなに経営がむずかしいんですか？　それとも、宿の経営が立ち行かないという意味ですか？」

「ああ、そうでした。まだ説明していませんでしたねっ」

コマは食堂の入り口に手をかけた。

最初に来たときも思ったが、この食堂には違和感がある。六花はまじまじと、引き戸を見つめた。宿内にある食堂なのに、よく見ると戸が玄関だ。暖簾がかかっており、なぜか泥が跳ねたあともついている。

「この食堂、実は入り口だけ宿と繋がっているんですっ。お店そのものは、五十一番札所石手寺のすぐ近くにあるんですよ」

ガラガラッと、戸を開けると、たしかに食堂だった。

「不思議……」

六花は食堂へと入りながら、辺りを見回す。

感じていた違和感が一気に解決した。入り口だけ繋がったべつの場所だから、出入りしたときの空気が違うのか。室内の温度も匂いも、変わって当然だ。

窓からの景色も、宿とは異なっている。庭の大きな池も、そこに浮かぶ水燈籠もない。代わりに、植木の向こう側には弘法大師空海の像が見えた。あれが石手寺の入り口だろう。

「石手寺は衛門三郎《えもんさぶろう》伝説ゆかりのお寺なんです。妖にとっても、とくに高い妖力が得られると、人気なんですよっ」

「衛門三郎……伝説？」

「四国遍路のもとになったお話ですっ。お大師様への贖罪《しょくざい》のため、お寺を巡って追いかけたっていう……そうだ！　今度、お遍路についての本をお渡しするので、読むといいです。面白いですよ！　ウチは、師匠に読んでもらったんですけど」

コマはぴょんぴょんしながら話してくれる。四国遍路について知るよい機会なので、六花も快くうなずいた。本を読むのは好きだ。

「宿そのものは、どこにあるんですか？　異界、とか？」

「いえいえ。異界の空間を維持するのは、そうとうな神気が必要なんです。それこそ、日本神話の神様でもなければ無理ですよ。宿は、四国山地の奥にひっそりと開かれているんです。普通の人間が入ると迷子になる結界だけ張られています」

つまり、入り口だけがいろんな場所に繋がっていて、宿は隠してあるのだ。

「師匠は、すごいんですよっ。人間も妖も、気軽に来られる食堂を作りたいって！　でも、なかなか両方のお客様がいらっしゃるお店はむずかしいでしょう？　だから、旦那様に入り口を繋げてもらって、妖のお遍路さんが利用できるようにしているんです」

「人間も妖も、気軽に……将崇さんは、とても高い理想をお持ちなんですね」

コマが嬉々として語るので、六花も笑う。コマは本当に将崇が好きみたいだ。全身に好意が表れている。

「んんん……！」

しかし、店の奥から大きな咳払いが聞こえた。

ふり返ると、カウンターの向こうで、将崇が顔を赤くしている。

「褒めたって、料理以外なにも出ないんだからな！」

ぶっきらぼうに言いながら、将崇は銀色のバットで顔を隠そうとする。

「お料理が出てくれれば充分です。将崇さんのごはんは、とっても美味しいですから」

六花はずっと寝込んでいたので、将崇の料理を部屋に運んでもらっていた。どれも作り手の優しさが伝わってくる、ほっとするような美味しさだった。

「ぜひ、お料理を教えてください。最初に作ってくれた花粉ねり汁、少し甘い気がしました。もしかして、椎茸《しいたけ》を甘く煮てから入れたのでしょうか？」

六花もあんな風な料理を作りたい。メモを取り出しながら聞くと、将崇の挙動がますますおかしくなる。顔を真っ赤にしながら頭まで抱えはじめた。

「だ、だから、褒められたって……う……甘く煮てるのは、椎茸だけじゃないぞ！　人参と牛蒡もだ！　やわらかかっただろう！」

「なるほど。それで、牛蒡の風味が主張しすぎなかったんですね。食材のバランスがよくて驚きました。勉強になります」

六花が言葉を重ねるたびに、将崇が居心地悪そうにする。

「将崇、たくさん褒めてもらえてよかったね」

食堂には、六花とコマ、将崇だけだと思っていたので、べつの声が聞こえて六花は肩を震わせる。

「将崇は褒めると調子にのるんだよ。デザートをお強請《ねだ》りするときに有効だ」

そう言って笑ったのは、ロンだった。

いったい、いつ現れたのか。最初から、そこにいたかのような振る舞いで、テーブル席の椅子に座っていた。

「俺は調子にのってなんかないんだからな！」

将崇は顔を真っ赤にしながら、ロンに台拭きを投げつけた。しかし、ロンは難なく台拭きをキャッチする。

「お前の嫁、やりにくいぞ！」

「それは結構。僕よりも先に仲よくされたら困るからね」

ロンは言いながら、六花に視線を向ける。

「溺愛中だから」

「ま、またそんなことを……」

将崇は六花をやりにくいと言うけれど、六花にとってはロンがやりにくい。溺愛なんて、そう簡単に使う言葉ではないはずだ。人間を理解するために必要とは思えなかった。

六花とロンの両者を睨みながら、将崇がブスッとした表情を浮かべる。

「食事をしないなら、帰ってくれても構わないんだぞ！」

将崇はぶっきらぼうに言いながら、カウンターに膳を置いた。

「あ……」

並んでいたのは、朝食だった。ほかほかの湯気をあげるお味噌汁、蕪《かぶ》の漬け物、焼き魚。つやつやの白米のうえには、ピンク色のおかずが大量に盛ってある。

「わーい！　ウチ、削りかまぼこ大好きですっ」

コマがぴょんぴょん跳ねて、カウンターの椅子に飛びつく。

削りかまぼこは愛媛県の南予《なんよ》地方を中心に食べられる郷土料理である。小判状に成形して乾燥させたかまぼこを、薄く削って作る。かまぼこらしいピンク色をしているが、削った姿は鰹節《かつおぶし》のように踊っている。おやつとして食べたり、ごはんにふりかけたりすることが多い。

「奥様のために、愛媛のメニューにしてくれたんですね！　師匠、お優しいですぅ」

コマが小さな両手をパチパチと叩いて褒めると、将崇はばつが悪そうに目を逸らした。

「冷めないうちに、いただこう」

ロンにうながされて、六花はカウンターに座った。

あつあつのごはんと、削りかまぼこ。雪華が好きで、よく用意してあげたのを思い出した。雪華は両親の前ではツンと淡泊だけれど、ごはんを食べるときだけ、表情がやわらかくなる。

いま、どうしているだろう……雪華だけは、心配してくれているだろうか。

「いただきます」

六花は両手をあわせ、まずはお味噌汁を口にする。上品な昆布出汁が香り、麦味噌の甘みが追いかけてきた。

白いごはんは、削りかまぼこと一緒に食べる。あつあつの米と、冷たい削りかまぼこの温度差が堪《たま》らず咀嚼《そしゃく》すると、白米に絡まるように練り物の甘さが広がった。決して濃くないが、嚙《か》めば嚙むほどに味わい深さが増していく。

塩麹《しおこうじ》に漬けた鯛の切り身も、脂がのっていてホロホロと崩れた。

「美味しいです……」

身体の芯から、温まる。そんな味に、六花は自然と微笑んでいた。

「やっぱり、将崇さんのお料理好きです。身体だけではなく、心も安らぐ。きっと、将崇さんがお優しいからですね」

再び将崇の顔が赤くなっていく。

「このくらい、料理人なら当然なんだからな！　褒めたって無駄だぞ！」

言いながら、将崇はスッと小鉢を六花の前に置いた。

たっぷりの果肉が入った蜜柑ゼリーだ。ぷるんっと揺れるゼリーに、食欲がそそられ、止まらなくなりそうだった。

言葉に反して、追加のデザートが出てきた。おかしくなって、六花はクスリと笑う。

「ありがとうございます」

「お、おう」

調子がすっかり狂わされたのか、将崇は言葉少なく、キッチンの奥へと引っ込んでしまった。ロンもニヤニヤと口角をあげながら、味噌汁をすする。

「気に入ってもらえたかな」

ロンは改めて、六花に問う。

「はい。みなさん、よくしてくれて恐縮です」

否定する要素がなかったので、六花は肯定的な返事をした。

しかし、常に胸の端に引っかかる。

目の前にある、夢みたいな現実が受け入れられなかった。朝起きれば全部が幻で、もとの暮らしが続いているのではないか。いや、本当の六花は家族に棄てられて呪われた身体のまま、山中で凍え死んでしまったのかもしれない。今は死後の夢のようなもの……そんなことさえ考える。

夢なら、いつか覚めるだろう。

目の前の夢が消えるのが、ただただ怖くなっていた。

「もっと自信を持ったほうがいい」

いつの間にかうつむく六花の肩に、ロンが手を置いた。

「六花さんは無能なんかではないし、価値のある人間だ。僕は君を手放したりなんかしないから、顔をあげて」

頬にロンの指先が触れて、気がつくと視線があがっていた。

「君は僕の花嫁になったんだから」

不意に、額に唇をつけられる。その瞬間、ビリビリと胸の奥が痺《しび》れて、六花は動けなくなってしまう。

「け、契約で……そうなっただけじゃないですか」

しかし、六花はなんとか自分を保って、ロンの胸を押し返す。

流されすぎては駄目だ。六花は、ロンの花嫁になったが、あくまでも、呪いに対する処置である。思いあがらないほうがいい。

「なにをしてあげたら、君は喜ぶ？　キスが足りないの？」

ロンは人間を知るために、六花を花嫁にしただけ。きっと、溺愛の意味も、よくわかっていない。

「キスは……必要じゃないです」

六花はロンから顔を離しながら、やんわりと断った。

「恥ずかしがり屋さんだね」

「恥ずかしいとか、そういうのではなくて……」

六花は彼を愛してなんていない。たしかに見目麗《みめうるわ》しくて優しいけれど、ロンとは出会ってまだ三日だ。雰囲気に流されそうになるものの、こんなに短時間で愛情を持つほどの関係は築けていなかった。

「わたしはまだ、ロンさんをよく知らないので……正直、夫として見ることができていません」

六花は、ありのままの気持ちを口にする。

「こんな状態で、ロンさんに甘えてしまうのは不誠実だと思うんです」

六花はロンを愛していないのに、妻の振る舞いなんてしてはいけない。

「なるほど」

六花の気持ちを、ロンは怒らずに聞いてくれた。興味深そうに指先で顎をなでて考え込んでいる。

「つまり、君を口説《くど》けばいいということかな。やはり、溺愛するのが正しいようだ」

「どうして、溺愛から離れてくれないんですか⁉」

思わず、大きめの声で返してしまった。ロンは六花の反応を楽しむように微笑んで、カウンターに頬杖をつく。

「溺れるように君を愛してみたら、いつか君も溺れてくれるんじゃないかな」

言い方が換わっただけで、なにもわかっていない気がする。頭が痛くて、六花は表情を引きつらせた。

今まで、六花はなにかを強く主張してこなかった。家族から罵倒されても耐えているだけ。流されるままの人生だった。

だけど、これからは変わらないと。

「わたしは甘えたくないんです」

六花は気を引き締めようと、両頬を叩く。

「わたし、宿で働きたいです」

六花は宣言しながら、ロンだけではなくコマも見る。コマは削りかまぼこのごはんを掻き込んで、小首を傾げた。口の端に、ごはん粒がついている。

「ここでのお仕事を教えてください！」

六花が頭をさげると、コマがあわあわと慌てはじめた。

「え、いいんですよっ。そんなに畏まらないでください。ウチ、べつに偉くなー―」

「ふつつか者ですが、ご指導ご鞭撻《べんたつ》のほど、よろしくおねがいします。先輩！」

六花が重ねると、うしろでロンが「甘えてくれてもいいのに」とつぶやいていた。そういうわけにはいかない。

流されるまま甘えきってしまうのは、ロンに対して不誠実だ。それだけではない。六花はいつまで経っても自立できない無能になる。神気が使えるとわかっただけでは駄目だ。独りでも生きていけるようにならなくては……。

今まで、家のために人生を消費した。六花は家族から虐げられながら、生贄として育てられてきたのだ。

けれども、もう家には帰らない。

これからは……自分のために生きたい。

だから、強くなりたかった。

「せ、先輩……？　ウチが？」

コマは及び腰だったが、やがてゴクリと唾を呑み込む。

「そ……そうですっ！　ウチが、奥様の先輩ですっ。なんでも聞いてください！　先輩ですからね！　ウチもがんばりますっ！」

コマは嬉しそうに椅子のうえに立ち、尻尾をふった。すると、ロンも面白そうに、ふっと小さく噴き出す。

「まあ……それが六花さんの望みなら、がんばってもらおうかな。宿は人手不足だから」

ここにいさせてもらえる間に、自立する術を身につけないと。家にも帰れないし、六花は独りで生きる方法を見つけなければならない。

妖向けとはいえ、宿に住み込みで働けるのだから、いろんな経験ができるはずだ。余裕があれば、食堂も手伝って将崇に料理を習おう。

ロンの溺愛攻撃は……なんとか凌《しの》いで、わかってもらえるように努めるしかない。彼に人間を理解させるのが、六花の役目なのだから。

「がんばります」

2

前掛けをキュッと締めると、気持ちにも張りが出た。

着物に慣れないので最初は戸惑ってしまったが、着ると馴染むものだ。珊瑚色の小袖を襷《たすき》掛けにすると、存外動ける。

六花は手際よく雑巾を広げた。

「奥様、奥様っ。廊下のお掃除はどうですか?」

まだまだこれからというタイミングで、コマが六花に声をかけた。

「申し訳ありません。終わっていなくて……」

「あ、急いでないので大丈夫ですよっ」

六花が肩を落としていると、コマは余裕のある素振りで袖をまくる。

「慣れていないと、仕方のないことです。ウチも、お手伝いします！」

早く仕事を覚えたいのに、なかなか上手くいかない。コマは張り切っているが、やはり、気分は沈む。

「先輩ですからね！」

コマは雑巾を持って、床に膝をついた。

「あれ？」

しかし、コマはすぐに小首を傾げた。

「床、綺麗ですよぉ……？」

コマは尻尾で器用に床をなでるが、ふわふわの毛には、ゴミは付着しなかった。

「まだ掃除機と板目のゴミ取りしか終わっていなくて……今、重曹を使って拭きあげをしているところです」

掃除機をかけただけでは、床に付着した汚れや皮脂は、なかなか落ちない。ことに、妖のお客様が多い宿では、みんながスリッパを履いているわけではなく、素足の方にも快適に過ごしていただく必要がある。

「手際が悪くて申し訳ありません」

六花は目を伏せる。次は時間内に終わらせて、コマの手を煩わせないようにしたい。

「じゅうそう……？」

しかし、コマは不思議そうに六花の言葉を反芻《はんすう》していた。

「って、なんですか？」

「え」

「…………」

「…………」

お互いに固まったまま数秒が過ぎる。

「重曹はお掃除に役立つお薬です。皮脂汚れなどは酸性なので、アルカリ性の重曹で拭きあげると、とてもよく落ちるんです」

六花が歯切れ悪く説明すると、コマはパァッと表情を明るくした。

「そうなんですねっ。奥様は物知りです！　前に働いてたお宿では、お掃除が必要なかったので、ウチ、そんなこと知りませんでした！」

お掃除が必要ない宿なんて、存在するのだろうか。六花は若干疑問に思いながらも、聞き流した。きっと、従業員がたくさんいて、役割分担がされていたのだろう。

「じゃあ、二人で残りのお掃除を終わらせましょうか」

「はいっ」

コマに重曹のスプレーを渡すと、リズミカルにシュッシュッする。六花も、誰かと一緒に掃除をするのが楽しかった。

小学校や中学校で、教室の掃除をしたけれど、こんなに和気あいあいといった雰囲気ではなかった。学校でも、六花は独り。出所がよくわからない噂話《うわさ》のせいでいじめられることもあった。

今考えると……冬実が六花の噂を流したのかもしれない。田舎の狭いコミュニティーでは、すぐに醜聞《しゅうぶん》が広まってしまう。内容も、六花が雪華の私物を盗ったとか、雪華を陰でいじめているとか、そのようなものだった。

いまさら気づくなど、なんて愚かだったのだろう。

これからは、自分のために生きる。

六花は決意を新たにしながら、床を重曹で拭いた。


「奥様、さすがですっ！」

「すごいです。奥様は、博識です！」

「もう終わったんですか⁉　今日のお掃除は、終わりです！」

水回り、玄関、窓、客室……どこを掃除しても、コマは六花を褒めてくれた。もしかすると、六花に気を遣っているのでは？　と、考えたが、コマの反応を見ていると、嘘ではなさそうだ。

六花は、赤蔵の家と同じようにしているだけである。あそこでは、毎日一人で完璧な家事が求められた。

「こんなに綺麗にしていただいて……ウチ、なにも教えてないですぅ……もしかして、後輩いびりしていましたか？」

後輩いびりの使い方が間違っている。

「いえ、先輩はとても上手に教えてくださっています。嫌な気分になんて、なっていませんよ」

六花の言葉に、コマは心底安堵《あんど》して胸をなでおろした。

「そういえば、お掃除は一階だけでいいんでしょうか？」

宿は三階建てだが、掃除は一階で終わってしまった。

六花が疑問を口にすると、コマがあいまいに笑う。

「二階と三階は使っていないんです。ウチだけじゃお掃除できませんし……妖のお遍路さんは、野宿が基本ですから、鈴を持っていても毎日利用する方は少ないんですよ。旦那様は、大は小を兼ねるからって言いますけど……」

需要に対して、宿が大きすぎるのだ。そのあたりをなにも考えずに、ロンが建ててしまったらしい。

「最初は人間のお客様を相手にしたかったみたいなんですが……誰も鈴をもらってくれなくて」

「そうなんですか」

不思議な宿に繋がる鈴は便利な品だが、妖に馴染みのない人間には怪しいだけの代物かもしれない。

それよりも、ロンは本当は人間の遍路宿をしたいのか。意外だが、人間を知りたい理由に納得がいく。

でも、人間を知らないのに、遍路宿をするのも妙だ。普通は逆ではないのか。人間を理解しているからこそ、宿を経営すると思う。

「……あ。ウチ、そろそろ食堂のお仕事に行きますねっ」

コマはそう言いながら、変化術の呪文を唱える。「こんこんこん　おいなり　こんこんっ！」とは、なんとも可愛らしい響きだ。

「ランチタイムの食堂は、人間のお客様ばっかりなんです。どうですか？　上手に化けられていますか？」

コマの姿は、子狐から女の子へと変わっていた。最初に会ったときと、同じ顔の子だ。

「先輩、頭に耳が生えています」

六花が素直に指摘すると、コマは慌てて頭を押さえた。

「気を抜くと、すぐ出ちゃうんですぅ」

コマは舌を出して笑って誤魔化した。子狐の姿は、動くぬいぐるみのように可愛らしいものだが、人間に化けていると、笑顔が魅力的な女の子だ。誰か実在のモデルでもいるのだろうか、それとも、コマが自分で作った姿だろうか。

六花も、これくらい素敵に笑えたらいいのに。

「食堂のお手伝い、わたしもしましょうか？」

「いいえ、いいえ。奥様は夕方まで休んでくださいっ。ウチ、看板狐ですから！」

コマはそう言いながら、廊下を走っていく。しかし、着物の裾が足首まで伸びたのを失念していたのだろう。大股で駆けようとして、どてっ、と転んでしまった。その拍子に、ぴょこっとお尻から尻尾が生えてくる。

コマは恥ずかしそうにしながら、すぐに立ちあがり、「わざとです！」と叫んで逃げていった。

「あの、お尻尾が……」

六花は声をかけようとしたが、聞いてくれなかった。宿と食堂のダブルワークは大変そうだ。ランチタイムは食堂で働いて、午前中と夕方は宿にいるらしい。

「………」

一人になって、六花は一息つく。

こんなに楽しい気持ちで掃除をしたのは初めてだ。家にいるときは、とくになにも考えないよう、心を殺していた。

あれが六花の日常で、変えられないものだと思っていたから。

だが、ここへ来てからはどうだ。実家での暮らしが異様だったと気づかされる。

それとも、両親の言うとおり世間は厳しくて、無能の六花では生きていけないのだろうか。この場所が異様に六花に甘く、都合がいいだけかもしれない。

どっちでもいい。

鵺の呪いを解いて自由になったら……。

自由になったら、なにをしたいのか。

六花は自分の中に芽吹く気持ちに向きあって、唇を噛む。薄らと、いや、はっきりと「なにをしたいのか」浮かんでくる。

けれども、それを達成したときの自分をイメージすると、胸が押し潰されるほど苦しくなった。

本当は、こんなことを考えてはいけない。

こんな報復――。

『憐れな娘だ』

不意に、頭の中に何者かの声が響く。

ズキンと重い頭痛が走り、六花は壁に手をついた。

まるで、六花のねがいを見透かし、嘲笑うかのようなタイミングである。

この声は……。

『何故《なにゆえ》、彼奴等《きやつら》を信じる？　騙《だま》されておるやもしれぬぞ？』

鵺の声だ。

気づいた瞬間、六花は池の冷たさを思い出す。刺すように痛い孤独が胸のうちによみがえり、息苦しくなってきた。

「どう……して……？」

『呪いを書き換えたくらいで、解放されたと思うたか？』

書き換わったのは、呪いの条件だけだ。いまだに六花の死は取り消されていない。

「でも……鵺は、池に封じられているはず……」

『我が分身を汝に憑《つ》かせるなど、造作《ぞうさ》もないわ』

本体は赤蔵ヶ池に封じられているものの、六花を見張るなど容易《たやす》い。ずっと見られていたと思うと、全身の肌が粟立《あわだ》つ。

逃げられない。

『汝は、我が生贄なのだ』

頭がクラクラした。六花はその場に立っていられなくなる。

『下手な考えは持たぬことだ。我は見ておるぞ』

鵺は、六花の心など見透かしている。

「いや……」

壁に手をついても支えきれない。六花の細い身体は、ぐらりと大きく前に傾いていく。

視界がぼやけて、焦点があわなかった。

「しっかりして、六花さん」

けれども、頭の中ではなく、目の前からべつの声が聞こえる。不気味に歪んだ鵺ではなく、優しくて落ちつきのある響きだった。

とても温かい。

包まれているみたいに。

「深呼吸して」

言われるまま、六花は大きく息を吸った。しかしながら上手くいかなくて、呼吸が乱れてしまった。大粒の汗が額を流れていく。

「ゆっくり、息を吐いて」

息が苦しいのに、吐けという。だが、六花は抗わずに、息を細く長く全部吐き出した。

すると、吸う意識をしなくとも、自然と肺の中へと空気が入ってくれる。

そうしているうちに、胸の息苦しさはすっかり消えていた。ようやく六花は冷静になって、周りを見回す余裕ができる。

「大丈夫かい？」

目の前にいたのは、ロンだった。青空を溶かしたみたいな瞳に、六花が映っている。

「な……」

しかし、想定外に顔が近い。

六花は慌てて、ロンと距離をとろうとする。が、思ったように身体が離れない。

その原因が、ロンが六花を抱きしめているからだと気づき、さらに狼狽《うろた》える。温かいと感じていたのは、ロンの腕だったのだ。

「ずっと抑えておくつもりだったんだけど、しぶといね」

鵺の分身は、ロンが力を抑えてくれたようだ。いや、表に声が聞こえなかったのは、彼のおかげらしい。

ロンは六花を見おろし、優しい手つきで髪をなでてくれる。それが心地よくて、六花は流れですべてを委ねたくなった。

けれども、そういうわけにはいかない。

「もう平気です」

六花はロンを押しのけて、自分の足で立つ。

「そう言わないで。僕は君を甘やかしているんだ。嬉しいでしょう？」

甘やかせば、喜ぶと思われているらしい。そんな単純なものでもないが、六花はロンとのズレを、どう説明すればいいのかわからなかった。

「わたしにとっては、嬉しくないです」

たしかにロンは優しくて美しいけれど、愛もないのになでられて喜べるほど、六花は見
た目至上主義でもない。

ロンが六花を甘やかすのは、人間に対する知識欲だ。六花も呪いを回避するために、彼
と契約したに過ぎない。

お互い、本当の愛があるわけではないのだ。ロンは六花に甘い言葉をくれるけれど、ど
こかズレている。愛情を表現しているのではなく、優しい旦那様を演じているような……。

勘違いしてはいけない。

「むずかしいな。どうすれば、花嫁を喜ばせられるんだろう」

ロンの目が一瞬、寂しげに曇った。

しかし、すぐに事もなげに表情を変えてみせる。

「まあいいや。六花さんに、話さなきゃいけないことがあって探していたんだよ」

澄んだ青空の眼が美しかった。外国人の青い目とは異なる。高い空に吸い込まれていく
ような、不思議な色だ。

「うちの宿、実は電話を置いているんだ。滅多にかかってこないけれど、使い方を教えて

おこうと思ってね」

六花はポカンとするが、気をとりなおして、真面目に聞き返す。

「妖の使う特別な電話ですか？」

「ううん。将崇に頼んで、家電量販店で固定電話を買ってもらった。電話番号を押したら、遠くの人と話せるんだよ。すごいでしょう？　僕もよく、打ち合わせで使うんだよ」

まったく悪気はないし、一〇〇％の善意。ロンはにこにこと得意げに、電話がいかに素晴らしいかを語った。

その話を聞いているうちに、六花の心が絆《ほだ》されていく。緊張していた表情が解《ほぐ》れ、肩の力も抜けていった。

ロンは六花を理解していないけれど、親切にしてくれるのは悪くない。

「電話の使い方なら、わかりますよ」

「そうなの？」

くすりと笑うと、ロンはたいそう驚いていた。人間と人ならざる者の違いだろう。ロンには、六花にとっての常識がどこなのか、区別がつかないようだ。

「むしろ、ここに電話線が届いていることに驚きました」

「将崇にも驚かれたけど、元々、空き家があったから、前の住人が引いていたんじゃないかな？」

山奥と聞いていたが、元は人が住んでいた場所なのか。意外と、人里から離れていないのかもしれない。

「じゃあ、インターネットはわかる？　僕の仕事部屋のパソコンに繋がってるんだけど」

「パソコンなら、学校で習いました」

「さすがに、ワイファイはわからないよね？」

「実家にありましたので、大丈夫です。わたしはスマートフォンを持っていませんが」

六花の受け答えに、ロンはなぜか口をへの字に曲げた。

「どうして、さっきより嬉しそうなの？」

なでているときよりも、という意味だ。

六花は自分の頰に触れて確認すると、自然と笑顔になっていた。

「どうして、でしょう？」

違いは、なんだろう。

「……ロンさんが、わたしを思いやってくれたからでしょうか……？　あと、単純に面白いんです」

考えて、浮かんだことを言ってみた。

「思いやり、ね？」

ロンは釈然としない様子で首を傾げてしまった。六花もあいまいなので、上手く説明できそうにない。

「むずかしいな。人は」

ロンは肩を竦《すく》める。

ひとまず、理解するのをあきらめたようだ。

3

「いらっしゃいませ、お客様っ！」

遍路宿〝道しるべ〟の門が開いたのは、夕刻であった。

お遍路さんは、早朝から活動をはじめて、お寺が閉まるころに宿へ入る。その動き方は、妖たちも同じだ。ただ、人間よりも妖のほうが野宿も多くて、鈴を持っていても毎日利用するお客様は稀《まれ》らしい。

先にコマがトコトコ駆けていき、六花もあとに続く。

今まで接客業で働いたことなんてない。家にいるときも、来客時は表に出ないよう命じられていた。コマからは「奥様の所作は綺麗なので大丈夫ですよ〜」と太鼓判を押されたが、不安は尽きない。

――気が利かない子だね！　やり直しなさい、無能！

長年、刷り込まれてきた罵声が頭にこびりついている。なにをするときでも、必ず、両親の影がつきまとった。

「奥様、まずはお手本をお見せしますね！」

遅れる六花を、コマがふり返って胸を張る。

「はい。よろしくおねがいします、先輩」

「そう。ウチは先輩ですっ！　がんばります！」

六花は緊張しながらも、コマと一緒に宿の玄関から飛び出した。着物が足にまとわりついて歩きにくいので、転んだり、開《はだ》けたりしないように注意する。

「いらっしゃいませっ！」

まず、コマが大きな声であいさつする。六花も続くように、「いらっしゃいませ」と頭をさげた。

「わあ！」

六花がお辞儀をしていると、驚いたような声があがった。

「…………？」

緑色の肌がツルンとしていて湿っぽい。頭に菅笠《すげがさ》をつけ、白衣《びやくえ》をまとっており、大きな甲羅《こうら》とリュックサックを背負っている。背丈はコマと同じくらいで、ちょこんと二本の足で立っていた。

河童《かっぱ》だ。

「人間か⁉　人間なのか⁉」

河童は、六花を物珍しそうに見ている。宿に人間がいるとは思っていなかったようで、警戒していた。

「お客様。こちらは、ウチの後輩で、六花様です。旦那様の奥様になったんですよ」

六花の代わりに、コマが説明してくれる。「奥様」の説明は不要だが、わざわざ「契約結婚です」とつけ加えるのも、話がややこしくなりそうなので、黙っておいた。

「へー？」

河童は、六花をまじまじと観察しはじめる。六花は精一杯の笑顔で、誤魔化すしかなかった。

「ま、よろしくな」

しばらくして、河童は玄関の敷居を跨《また》ぐ。丸っこいぬいぐるみに似た見目をしているが、サッパリとした性格のようだ。

「お客様、お風呂にしますか？　お食事にしますか？」

コマは慣れた様子で接客している。

「食事がいい。お腹ペコペコでさぁ」

河童は丸いお腹をさすりながら、へらっと笑う。

しかし、中へあがる前に、隅に置いてあったブリキバケツの前に立つ。河童は慣れた手つきで金剛杖の先を、バケツの水で洗いはじめた。仕上げに雑巾で拭いて、杖をスタンドに立てる。

雰囲気のいい宿の玄関に、わざわざバケツが備えてあったのは、お遍路さんの杖を洗うためだと、六花は初めて気づいた。

改めて、〝道しるべ〟はお遍路さんの宿だと実感する。

「奥様、お客様を食堂まで案内してくださいっ」

コマは六花に仕事をふりながら、河童の荷物を持ちあげた。だが、重そうなリュックサックは、コマには大き過ぎる。

「わたしが荷物を運びますよ」

「いいえ、ウチがやります」

コマは言いながら、リュックサックを背負う。

「先輩ですから……う、重っ」

胸を張る姿は、妙に頼もしいものの、小さな脚が「おっとっとっ」と、よちよちバランスをとる様は不安だった。

「大丈夫ですか？」

「先輩は、がんばりますっ」

がんばると言っているのだから、コマに任せるほうがいいかもしれない。

「お客様、こちらへどうぞ」

六花は笑顔を作りながら、河童を食堂へと案内する。

「よろしくな！　人間！」

河童は快活に笑って、六花についてきてくれる。

怖い妖だったらどうしようと思ったが、杞憂だった。河童は人に危害を加えるような妖ではなさそうだ。まんまるな身体つきが、見れば見るほど愛らしい。

「あ」

しかし、廊下の反対側に向かうコマが、つるんっと滑って転ぶ姿が目に入ってしまった。

六花は苦笑いしながら、コマへと走っていく。河童も、これくらいは大目に見て、温かい目で待ってくれた。

コマを助け起こして、荷物を部屋に運んだあと……六花は引き戸を介して、河童を将崇の経営する食堂に連れていく。

「将崇さん、お客様です」

六花が食堂の引き戸を開くと、将崇が作業をしていた。明日のランチに向けた仕込みだろう。銀色のバットに、鮭《さけ》の切り身が並んでいる。

「いらっしゃいませ」

将崇は作業を中断し、河童を迎え入れた。真剣だった目つきに、愛想のいい笑顔が浮かぶ。不器用に見えて、接客の笑みは作れるようだ。

河童は水掻きのついた足で歩き、カウンターの椅子にぴょんっと跳びのる。

「きゅうり！」

河童は座るなり、将崇にそう叫んだ。

将崇は、いつもお客からの注文を聞かない。昼間の食堂も、日替わりランチしか置いていなかった。

「わかった」

しかし、将崇は河童の要望を聞いてうなずいた。注文どおりのものを出すようだ。

「おい、人間。こっちで話さないかい？」

将崇が料理を用意する間、河童は六花をふり返った。カウンターの椅子をペンペン叩いて、隣に誘っている。

六花には宿の仕事があるけれど……この場合、お客様を優先していいと判断した。

「一人遍路は寂しいからよ。話し相手になってくれないか？」

河童も人間と同じように、遍路道を歩いているようだ。誰かと話したくて、宿を利用したのかもしれない。

「わかりました」

六花は河童の隣に腰かけてみる。

「人間、どうしてここにいるんだ？」

河童の眼差しには好奇心が宿っていた。こういう表情を向けられる機会が少ないので、六花は戸惑ってしまう。

「えっと、呪いを受けまして……それで、この宿に入れたようです」

すべてを話すのは憚《はばか》れたので、六花はボカしながら答える。

無意識のうちに右手の甲を隠していた。もう熱は持っていないが、ときどき疼く。聞こえていないはずの鵺の声が、頭の中に響くこともある。

こんなもの、あまり見られたくなかった。

「そりゃ、大変だね」

自分から聞いておいた割に、河童は大して興味なさげに足をブラブラさせていた。

「河童さんは、歩き遍路をしているんですよね？」

「当たり前だろ？」

河童はうなずきながら、お冷やのコップを頭のうえで傾ける。口から水を飲むのかと思ったら、お皿用であった。気持ちよさそうな表情が、なんとも言えない。

「妖もお遍路参りをするんですね」

「そうだよ」

河童はうなずいて笑う。コップの中身が空になり、反比例するように、緑色のお肌がツヤツヤと潤いを増していた。

「疑問なんですけど……妖も仏教を信仰しているんですか？」

四国遍路は八十八ヶ所のお寺を回る巡礼。いわば、修行である。観光目的のお遍路が多いとは言っても、人間がはじめた宗教行為だ。

河童はむずかしそうに首を捻る。

「妖は迷いがあると、妖力が落ちるんだ。四国遍路の巡礼地には、妖力を高めてくれる寺ばかりだ。巡れば、効率よく妖力が得られるんだよ」

「なるほど……つまり、お寺は妖にとってのパワースポットで、お遍路は妖力を高めるための儀式なんですね」

「そうなるかな？　べつに信仰心があるわけじゃないのさ。もちろん、祈願のために歩く妖もいるだろうけど」

妖のお遍路について疑問だったが、河童の説明は納得できるものであった。

コマから四国遍路の説明を受けながら仕事を覚えている最中だが、こうやってお客様と話すのは参考になる。

六花は、もっと河童のことが聞いてみたくなった。

「待たせたな」

河童と話していると、将崇がカウンターに膳を置いた。

出されたのは、煮物がメインの定食だ。

「きゅうり……?」

六花は、尾戸焼《おどやき》の器に盛られた煮物を見て、目をパチクリとさせる。

鮮やかな赤色は、エビだ。しかし、特徴的な長い手を持つエビは、あまり馴染みがない。

とろとろの餡が輝いていて、とても美味しそうだった。

そして、エビと一緒に盛りつけられているのは……。

「きゅうりと手長エビの煮物だ」

手長エビは、淡水のエビである。日本最後の清流と呼ばれる四万十川《しまんとがわ》に生息する、高知県の名産だ。実物を見るのは初めてだった。

けれども、六花がいっそう興味を惹かれたのは、きゅうりのほうだ。

「きゅうりを、煮物にするんですか……?」

六花の認識では、きゅうりは生で食べる。サラダにしたり、漬け物にしたり……煮物として調理したことはない。

六花が不思議に思っていると、将崇はスッと食材を見せてくれる。

「地這《じばい》きゅうりだ」

通常よりも太くて長いきゅうりだった。瓜やヘチマほどではないが、六花の想像より大きい。

「地這きゅうりは、身がしっかりしている。加熱しても崩れず、食感を保っていられるんだ。もちろん、漬け物にしてもいいんだぞ」

「将崇さんは、いろんな食材を知っているんですね」

顔がやや赤いのは、恥ずかしいからだろうか。あまり六花と目をあわせてくれなかったが、口調は親切で優しかった。

「……食べるか？」

「いいんですか？」

六花が喜ぶと、将崇はすぐに河童と同じ膳を出した。おそらく、六花が興味を持つと思って、すでに用意されていたのだろう。

「ありがとうございます」

将崇の心遣いが嬉しい。六花はお言葉に甘えることにした。

「いただきます」

餡は甘塩《あましょ》っぱくて、ちょうどいい味つけだ。エビの出汁がギュッと濃縮されていて、優しいのに、味が引き締まっている。

きゅうりの煮物は、面白い食感だった。やわらかいようで、しっかりとした歯ごたえがある。パリパリとした生のきゅうりもいいけれど、加熱で食べても美味しい。馴染みの野菜なのに、新しい発見だった。

釜揚げしらすの入ったお味噌汁も、出汁がきいていてほっとする。こうやって、しらすを汁物に入れる習慣も、六花の周辺にはなかった。

「きゅうり。きゅうり。美味い！　美味い！」

六花の隣で、河童もぱくぱくと料理を食べていた。気に入る品だったようで、安心する。

「高知の料理だ。お前は高知を旅しているんだろ？」

「そうなんだよ。今、二十四番辺りかね」

二十四番札所は……六花は、指を折って数える。宿で働くことにしてから、お寺の名前くらいは暗記した。

「たしか……高知県室戸《むろと》市室戸岬《みさき》町の最御崎寺《ほつみさきじ》ですね」

だから、高知の料理なのか。将崇は、河童が旅をしている場所にあわせて、郷土料理を作ってくれたのだ。

「ありがとな！」

河童はにっこりとしながら、お味噌汁をすすっている。その横顔が、のほほんとしていて、見ているこちらまで癒やされた。

「河童さんは、どうしてお遍路をしているんですか?」

さきほど、河童は「迷いがあると妖力が落ちる」と言っていた。つまり、河童にも何らかの迷いがあって、四国遍路をしているのだ。

お客様たちが、どのような想いで歩いているのか知りたい。そうすれば、六花も助けになれることがあるかもしれなかった。

「………」

けれども、六花が聞いた瞬間、それまでにこにことしていた河童の表情が曇る。うつむきながら、目をそらしてしまった。

「なんでもいいだろ」

ただそれだけ、ポツンとつぶやく。

言いたくない理由だったのだろうか。

「単純に強くなるために歩く妖も多いんだ。オイラは、そう。妖力が欲しいだけさ」

河童は誤魔化すように笑って、お冷やをお皿に流し込んだ。

六花は、すっかり気がゆるんでしまって、河童の気持ちを考えられていなかった。妖にとって、迷いは妖力を落とす原因だ。軽々と他人に教えられるはずがなかった。

そもそも、六花だって、〝道しるべ〟にいる理由をあいまいに答えた。それを忘れて、河童の事情に踏み入ろうとしたのだ。普通の人間であっても、初めて会った相手に、重要な悩みを打ち明けない。

「申し訳ありませんでした……配慮が足りていなかったです」

「いいよ。気にしないでくれ」

河童は弱々しく笑いながら、カウンターの椅子から飛びおりた。

「美味しかったよ。ごちそうさま」

丸っこい身体でお辞儀して、河童は将崇にお礼を言う。

「お部屋にご案内しますね」

六花はぼうっとしていたが、すぐに立ちあがる。

そのあと、六花が河童を客室に案内する間、なんの会話もなかった。

4

夜が来ても、木々のざわめきはおさまらなかった。

〝道しるべ〟の入り口は、様々な場所に現れるが、宿そのものは四国の山奥だ。人が足を踏み入れることはないけれど、風が吹けば木が揺れ、葉の擦れる音がする。時折、動物の気配もした。六花が暮らしていた久万高原町の家よりも、自然の営みを近くに感じる。

「ん……」

背伸びをすると、関節が音を立てる。

六花は、コマから借りた四国遍路の本を読んで過ごしていた。

むずかしい内容も多かったが、どれも興味深くて勉強になる。八十八ヶ所のお寺それぞれに歴史があり、弘法大師空海の足跡を文字で辿れた。

コマが話していた衛門三郎伝説については、様々な本で触れられている。

衛門三郎は伊予《いよ》の国《くに》に住んでいた強欲な豪族であった。ある日、三郎の邸宅の門前に、見窄《みすぼ》らしい姿の僧侶が托鉢《たくはつ》に訪れる。けれども、三郎は僧侶を手酷く何度も追い返したという。

その後、奇妙なことに、衛門三郎の八人の子が一人ずつ亡くなってしまったのだ。最後の一人を失ったあと、夢枕に空海が出てきた。そこでようやく、三郎はあのときの僧侶だと気づいたのである。

三郎は自分の行いを悔い、空海を追って贖罪の旅に出た。けれども、道半ばで病に倒れてしまう。そこへ空海が現れ、三郎に望みを問う。三郎は事切れる直前に「来世は人の役に立ちたい」と残したらしい。空海は三郎の手に石を持たせた。

翌年、伊予守《いよのかみ》に長男が生まれたのだが、その手には「衛門三郎」と書かれた石がにぎられていたという。のちに、石手寺の由来となった。

この逸話で、衛門三郎が空海に会うためお寺を辿ったことが、遍路の起源とも言われている。

空海の逸話は数多くあるが、これは異質だと六花は感じてしまう。

岩盤を独鈷《とっこ》で打つと薬湯が噴き出たとか、温泉がただの水になったとか、不思議な力を駆使する伝説はたくさんあるが……三郎自身が仏罰を受けるのではなく、子どもが八人も不審死するなど、穏やかではない。

「もうこんな時間……」

午前四時。さすがに読み過ぎてしまった。

六花はいったん本を置く。窓の外に視線を移すと、池の水燈籠が優しい灯りを揺らしている。

本を置くと……今度は河童の表情が浮かんできた。

きっと誰にも言いたくない悩みがあるのだ。誤魔化していたけれども、悲しそうに目を伏せていた。

河童は、朝になったら歩き遍路に戻るだろう。鈴を持っているので、また来るかもしれないけれど……もう二度と、〝道しるべ〟へは訪れない可能性もある。

「駄目だ」

六花は小さくつぶやいた。

　このままでは、駄目だ。だって、〝道しるべ〟は旅人を癒す宿だから。六花は〝道しるべ〟に来て、温かい気持ちになった。荒んだ心に、優しい風が吹いて救われたのだ。

　ここは、そういう場所であるべきだと思う。

　河童には、笑顔で旅立ってほしかった。

　食堂でも謝罪したが、充分だとは思えなかった。いや、必要なのは謝罪ではなく、会話だ。六花は、なにも河童と話していない。

『無意味なことに心を砕いておるのう』

　ゾクリ、と背筋が凍った。

　鵺の声だ。また頭の中に響いてくる。

『汝《うぬ》に、なにができるというのだ？　これまで、なにも成してこなかった無能に』

　嘲笑うような口調だった。

『あの男に、唆《そそのか》されておるだけじゃ。汝は無能の役立たず』

「違う……」

　違う。六花には、神気を操る力があると、ロンが教えてくれた。実際に、六花はお茶碗を動かすことができたのだ。この目でちゃんと見た。

『あの茶碗は、汝の思い描いたように動いたかえ？』

　問われて、六花は考える。

六花が思い描いたイメージは、膳から五センチほど浮いたお茶碗だ。けれども、実際には、スーッと滑るように回っていた。

六花は術の類を使ったことがない。未熟な証拠だった。

「でも、これから……」

これから修練すれば、上手くなるかもしれない。ロンは六花の神気を「邪を祓う力」と言った……六花にだって、雪華と同じように力があると信じたかった。

『本当に愚かな娘よのう』

不気味な笑い声に、六花の頭は割れそうだった。

六花は表情をキッと改めて、首を横にふる。

「もう消えて！」

六花は叫びながら、机をダンッと叩く。

自分の声で、鼓膜がビリビリと震えた。

気がつくと、全身から汗が噴き出ている。六花は頬を伝う雫を、袖で拭った。

肩で息をする音だけが耳に届く。

しばらく待っても、鵺の声は聞こえてこなかった。

六花はそのまま眠る気にはなれず、庭を歩く。

日の出を待つ空には冬の星座が煌《きら》めいて、月はか細い光を湛えていた。宿の池に浮かぶ水燈籠が、ゆらゆらと小さな灯りを揺らしている。無意識のうちに数えると、八つ浮かんでいた。

そういえば、この水燈籠の管理は誰が行っているのだろう。コマのそばで一日の業務を見ていたが、六花には把握できなかった。ロンが灯りをつけて流しているのかもしれない。

ダウンコートは、ロンが調達したものだった。六花が働きやすいようにと、気遣ってくれたのだ。「僕が暖めてもいいんだよ」と言われたときは苦笑いしてしまったけれど。

実家では、真新しいコートを買ってもらえなかったので、この暖かさが嬉しいような、居心地悪いような。

六花は宿の門へと向かう。

門は、四国遍路八十八ヶ所の札所近辺に開く。太い柱には、大きな羅針盤がとりつけてあり、目的地の位置にあわせておくと、任意の場所に繋がる仕組みになっていた。アニメに出てくる未来道具のドアみたいだ。六花はテレビなんて見せてもらえなかったが、雪華が玩具を持っていたので、設定を聞いてままごと遊びをしていた。

「誰かが使ってる……？」

しかし、羅針盤を確認して、六花は眉根を寄せた。六花の前に、誰かがすでに門をどこかへ繋げたようだ。

羅針盤の使い方はコマから教わった。日本では見慣れない漢字と書体なので、読むのがむずかしいが、二十四番札所付近であると示していた。

「二十四番……」

最御崎寺。高知県の室戸岬にあるお寺だ。

河童が入ってきた場所である。

六花は門を見つめて、キュッと掌をにぎった。

河童の金剛杖は玄関に立ててあったので、朝を待たずに出発したとは考えにくい。それに、〝道しるべ〟では、出発するお客様に将崇のお弁当を手渡しているため、おおよその出発時間は事前に聞いている。

「…………」

六花は一瞬、迷いを覚えたが、門の扉に手を当てた。

「おねがいします。わたしを、河童さんのところへ連れていってください」

六花はねがいを込めながら扉を押した。重たそうに見える門は、いとも簡単に開く。

「う……」

両開きの扉が開いた瞬間、冷たくて強い風が前方から叩きつけた。六花は反射的に目を閉じて、身を縮こまらせる。

潮の香りがした。海を間近に感じて、六花は目を開ける。手にした防犯ブザーのライトが、心許なく周囲を照らした。

「本当に……べつの場所にいる……」

門は様々な場所に繋がっていると言っても、半信半疑であった。実際に出てみるまで、なんとなく、六花はもとの山の中へと帰っていくのではないかと思っていた。

しかし、目の前に広がる景色は、まったく知らない場所だ。

遥か彼方に横たわる水平線が薄らと白んでいる。

荒々しい岩場は、まるでなにかに削りとられたような形状をしていた。巨石がいくつも聳《そび》える様は、日本とは思えぬ光景だ。

「すごい」

六花は門の高い敷居を越えて外に歩み出る。

「ひっ」

が、すぐに躓《つまず》いて転びそうになってしまう。

足元には、木の根が隆起している。地面を覆って根を伸ばしており、魚を捕まえる網のようだった。

ここは室戸岬の海岸線なのだろう。ということは、これがアコウの木か。実物を初めて目にした。

「なんだか、外国みたい」

四国といっても、いろんな場所がある。門は、いつだって好きなところに繋がるので、六花は今度は昼間に来てゆっくりしたいと考えていた。

もっと、いろいろな場所を見てみたい。

これまでに抱いたことのない感情だった。

家に縛りつけられていたときには、外にこんな世界があるなんて、思いもしなかった。あの場所がすべてで、どこにも希望なんてないと勘違いをした。こうして外に踏み出すと、自分がいかに狭い世界で生きていたのかわかる。

だからこそ、心細い。

今までは、家に閉じこもっているだけで、六花には選択肢なんてなかった。しかし、今の六花は自由だ。なにをしてもいいし、どこへでも行ける。

ゆえに、急に自分が根無し草になったような気がした。たしかに、今の六花を日常的に詰《なじ》り、害す者はいないかもしれないが、守る者もいない。衣食住すら保障されないのだ。

ロンは優しいけれど、いつまで頼れるかわからない。人間を知りたいという、彼の知識欲を満たしたら、六花は妻である必要もないのだから。

そんなことを考えてしまう。

「河童さん……！」

しばらく歩くと、波打ち際に丸っこい影を見つける。

六花が声をかけると、海をながめて座っていた河童がこちらをふり返った。

「宿の人間……？」

河童は不思議そうに、六花を見つめる。

もたつく足で、六花は河童に駆け寄った。岩場がゴツゴツしているせいで、思った以上に上手く進めない。

「どうしたんだ？」

突然やってきた六花に、河童は首を傾げた。

「お話をしにきました。あなたと」

河童の前に立ちながら、六花は告げる。

そんな六花を、河童は長い時間をかけて見あげていた。考えているのかもしれない。胸の奥がざわざわとして、落ちつかなかった。

だが、やがて河童はぺちぺちと岩場を叩く。ここに座れという意味だろう。

「ありがとうございます」

話してくれそうな雰囲気に、六花は微笑んだ。

そして、深々と頭をさげる。

「昨日は、ご気分を害してしまって申し訳ありません」

六花の謝罪に、河童は困惑したように眉をさげた。

「もういいんだってば。あんなの気にしないでくれよ」

そう口に出しながら、河童はお皿を掻いた。

「いいえ。だって、わたしは自分の事情を濁したのに、軽率に河童さんの事情に踏み込もうとしました」

正直に話しながら、六花は頭をあげなかった。

「律儀な人間だなぁ！」

改めて、六花は顔をあげて河童を正面から見つめる。

「わたしのこと、お話しします。どうして、〝道しるべ〟で働いているのか……河童さんに聞いてほしいんです。聞くだけで構いません」

相手に自分のことを隠していては、「会話」は成立しない。

河童が自分について話したくないなら、それでもよかった。ただ、六花は河童と会話するために聞いてもらいたい。

「……わかった。聞かせてくれよ。オイラも気になってたんだ。呪われたなんて、普通じゃなさそうだからさ」

河童は六花の言葉に応えてうなずいた。

それを受けて、六花は呼吸を整える。

「わたしは、ずっと無能と呼ばれてきました」

六花は辿々《たどたど》しく、自分の身の上を話しはじめる。

家では、無能と呼ばれていた。封印師として求められる能力がない役立たず。生贄になるため育てられ、実の親に棄てられ、鵺に呪われた……。

「でも、〝道しるべ〟でロンさんに救っていただきました。こんなわたしにも、本当は能力があるってわかって……みなさんから、よくしてもらっています」

右手の甲には、呪いの痕跡が刻まれている。

六花は河童にも見えるよう、隠さず話した。

「そっか」

六花の話を聞いて、河童が視線をそらす。

沈黙の間だった。それは数秒程度なのかもしれないが、六花にとっては長いものである。

脳裏には、悲しそうにしていた河童の顔が焼きついており、またあんな表情をさせてしまうのではないかと不安だった。

「同じだよ」

ポツンとつぶやいた言葉に、六花は目を瞬かせた。

「無能」

河童は寂しそうに言いながら、自らの足を持ちあげた。

指の間には、水掻きがついている。

「オイラ、上手く泳げないんだ。河童なのに」

しょんぼりと肩をさげながらも、河童はなんとか笑おうとする。

「誰も、オイラを受け入れてくれない」

河童と言えば、泳ぎが得意。六花にだって、そのイメージはあった。水辺に棲む妖なのだから、当然、泳げるものだと思っている。実際、多くの河童は泳ぎが得意なのだろう。

「笑っちまうだろ？　河童なのに……みんな、オイラを馬鹿にしてさ。オイラ、出来損ないなんだ」

泳ぎが不得意な河童に居場所はない。

小さなコミュニティーであれば、迫害の対象ともなるだろう。封印師の家に生まれながら、結界が張れない六花と同様、無能の烙印《らくいん》を押される。六花には、その状況が想像に難《かた》くなかった。

河童は孤独に過ごしてきたのだ。

六花と同じように。

「遍路参りをしたら、妖力が増えるだろ？　そうしたら、このちっこい水掻きも大きくなって、上手に泳げるようになるかもってさ……でも、二十四番まで歩いてもなにも変わってない。オイラの水掻きは……役立たずだ」

河童は自分の足を見おろしながらため息をつく。

妖にとって、四国遍路は妖力を得るための儀式である。しかし、妖力が欲しい理由は様々で、そこには悩みや迷いがあるのだ。信仰心がなくとも、なにかに縋りたい気持ちは、人間も妖も同じなのかもしれない。

「それで、悩んでいたんですね」

「ああ」

悩むのは辛い。脱却しようと藻掻《もが》くのも、努力が実らないのも……。

「苦しい、ですよね」

六花には共感することしかできない。河童の悩みを解決する力を持ちあわせていなかった。こうして会話をしても、できることは限られている。

六花たちは、結局、自分で生きていくしかないのだから。

真冬の海は、鋭い冷たさを帯びる潮風に曝《さら》されている。六花が住んでいた愛媛の内海と違って太平洋は波が荒く、身だけではなく心まで切りつけるような厳しい寒さだ。

「ありがとう」

なにもしていないのに、河童は六花に向けて両手をあわせた。

刹那《せつな》、薄暗かった景色を割るように、光が射し込む。

水平線が真っ赤に燃えはじめている。時刻は六時をとうに過ぎており、朝日が昇ろうとしていた。

真っ赤な太陽に、河童の顔が照らされる。

にっこりと笑っていた。その表情が穏やかで、安らかで……さきほどまでの寂しそうな陰が消えている。

「聞いてくれただけで、心が軽くなった」

六花は、ただ一緒に話しただけだ。お互いの事情と胸中を吐露しただけで、河童になにもしてやれていない。

「誰も聞いてくれなかったからな」

話を聞くだけでも……。

河童の言葉を受けて、六花も自身の変化に気づいた。

さっきよりも、心が軽い。自分の境遇を明かし、認めてもらい、共感しあうだけでも……心は救われるのだ。河童も同じ気持ちなのだろう。

悩みには、必ずしも解決策があるわけではない。それでも生きていく以上、どこかで折り合いをつけていかなければならなかった。

河童の悩みは消えないし、六花の呪いも解けていない。

しかし、お互いに心が少しばかり整理された。

広い世界では、自力で生きていかなければならないが、人間は一人ではなく、他者とともにある。誰とも関わっていないつもりでも、どこかで支えあっているのだ。

「でも」

六花は目を伏せる。

これでいいの？

だって、河童の現状は苦しいままだ。六花は傷を舐《な》めあったに過ぎない。そんなことで、河童は本当に救われるのだろうか。

『汝《うぬ》には、なにも救えぬ』

唐突に、六花の頭に声が響いた。

背筋が凍り、ゾクゾクと身震いする。キンと耳鳴りがして、頭が割れるほど痛かった。

また鵺が語りかけてきた。

恐ろしくなって、六花は耳を塞いでうずくまる。

「どうしたんだよ⁉」

河童が心配そうにしている。が、すぐに異変に気がついたのだろう。ガタガタと嘴《くちばし》を鳴らしはじめた。

「な、な、なんだよ、この妖気！」

六花の身体に鵺の妖力が満ちていく。きっと、外にも漏れ出ているのだろう。

右手の甲が焼けるように熱くて、六花はうめき声をあげた。

『汝は、役立たずじゃ』

――この無能。


なにもできない無能の役立たず。

いつまで経っても、六花は変わらない。

家から離れて、環境が違ったところで……六花には河童は救えないし、これから先も同じだ。

『無駄な抵抗はせず、その身を手放すがよい。汝に生きる意思がなくなれば、契約の上書きなどと、姑息な真似も無効となるだろうよ』

鵺の嘲笑が頭に響き渡る。

死にたくない。

六花はそうねがって、ロンと契約した。

なのに……その意思さえも、わからなくなってくる。鵺の声を聞いていると、すべてがどうでもよくなった。

『生きるのは、苦行であろう？　そこから身を投げるがよい』

苦行ではない。楽しみだってあるし、六花はロンに救われた……でも、束の間の幸せは、本当に続くのだろうか。突然裏切られたりしないだろうか。

そうじゃない。違う。しっかりしろ。自分を律しても、胸には不安が押し寄せてきた。

心の隙間を見つけては、漆黒の霧が入り込んでくる。

「や……いやッ！」

息が苦しくて、六花は無意識のうちに手を伸ばしていた。

薄らと霞む視界には、河童がいた。怯《おび》えた表情で六花を見据えて硬直している。

「助けて……」

やがて、河童がつぶやく。じりじりと後退さりをして、六花との距離をとっている。

ほどなくして、河童は踵を返して六花に背中の甲羅を向けた。

「助けてくれぇぇぇえええ！」

叫びながら、河童は六花から一目散に逃げていく。

六花は海岸に取り残された。

＊　＊　＊

誰も、話を聞いてくれなかった。

——お前なんか、仲間じゃない。

河童なのに、生まれたときから水掻きが小さい。水に浮くことはできるものの、他の河童たちのように、上手く泳げなかった。いつも集団から取り残されて、仲間はずれにされてしまう。

そんな自分を変えたくて、藁にもすがる思いで四国遍路を巡りはじめた。

もとは人間の考えた修行ではあるが、河童はなんだってやるつもりだ。妖力が高まれば、河童の水掻きも大きくなるかもしれない。

期待を込めて、一番、二番、三番、四番……順打ちした。けれども、二十四番札所へ来ても、なんの変化もない。河童の水掻きは、小さくて貧相なままだった。

なにをやったって、駄目。

役立たずの無能。

河童なのに、河童らしくない。

誰も認めてくれない。

辛くなって、四国遍路もやめてしまおうかと考えていたところに、妖用の遍路宿の存在を思い出した。念のために、一番札所でもらっておいた鈴を使ってみる。

そこで初めて、河童は自分の話を聞いてもらえた。

人間の女の子だ。名前は六花というらしい。

自分と同じように無能と蔑まれ、家族から迫害されてきた……環境は違うけれど、河童は彼女に共感する。六花も河童の気持ちをわかってくれた。

嬉しい。

それだけでも、充分だ。

今まで、河童には理解者なんていなかったから。

「う……あ、ああ……ッ」

六花が突然、うめき声をあげながらうずくまってしまった。河童はなにもできず、ただ凍りついてしまう。

彼女は鵺に呪われているらしい。河童にはどうにもならないくらい黒くて強い妖気が、身体からあふれている。立ち打ちできる相手ではない。

怖い。どうしよう。

初めての理解者が苦しむ様を前に、河童の足は竦んでいた。

「や……いやッ！」

苦しそうに藻掻きながら、六花は河童に手を伸ばしていた。きっと、無意識だろう。焦点が定まっておらず、目は虚《うつ》ろだ。

「助けて……」

気づけば河童は、六花に背を向けていた。

「助けてくれぇぇぇえええ！」

もっと強い味方を連れてこなければ……。

河童は懐から鈴を出して、一心不乱に鳴らす。こうすれば、宿の門が現れるはずだ。

足場の悪い岩場をぴょんぴょんっと跳び越えて進む。水平線から顔を出しつつある朝日のおかげで、辺りは明るくなろうとしていた。障害物のように生えるアコウの木も、問題なく突破する。

泳いでいるときよりも、身体が軽い。

六花のために、河童は夢中で走った。

「助けて！　助けて！」

河童は叫びながら、宿の門を潜る。

5

「申し訳ありません」

頭から水をかけられて、六花はただただうつむいていた。

耐えていれば、いずれ去る嵐だ。

「育ててもらっているだけ、贅沢だと思いなさい。無能」

頭上から、母の声がする。抑えつけるような強制力を持った怒声に、六花は身体を縮こまらせているしかなかった。

ここは……。

物置にされた暗い空間。埃《ほこり》の舞う独特の匂いに、息が詰まりそうだ。

実家の裏にある、古い蔵である。自分の身体が小さいため、幼いころの記憶だろう。殴られてできた痣が痛ましかった。

これは、きっと夢だ。

昔の記憶を夢に見ているだけ。

たしか、このときは……来客があるのに、玄関の準備が不充分だったために折檻されていた。女性の客人だったのに、六花は青いスリッパを用意していたのだ。そんな些細な理由である。

「そこで反省していなさい」

母は突き放すように言い、蔵の扉を閉めた。

寒くて暗い蔵に、ずぶ濡れで閉じ込められる。髪から水が滴り、手足が震え、指先の感覚がなくなっていた。

「申し訳ありません……」

六花は扉に向かって謝罪するが、すでに誰の気配も感じなかった。

愛されていない。

無能で役立たずで、なんの価値もない。

これが六花に染みついた生活であり、世界だ。幼いころから刷り込まれてきた現実。いまだに、六花の心を蝕む日常である。

いくら強がって生きようとしても、無駄。

『汝のそばには、誰もいなくなる』

夢の世界を侵食するように、鵺の声が響く。声だけなのに、ねっとりと黒い影が六花の身体にまとわりついた。まるで死者に触れられたかのような冷たさだ。

しかし、その影に身を委ねていると、不思議と心が楽だった。

日だまりのような温かさは、六花の憧れ。だが、そこは六花の居場所ではないと、どこかで感じている。言い表せない居心地の悪さが、常につきまとうのだ。

六花は、そちら側の人間ではないのだろう。

分不相応。

背伸びをするくらいなら、水底に沈んで死んでしまうほうが……。

『他者に与えられた幸せなぞ、つかんでどうする？　汝一人では、なにもできぬ』

黒いささやきを否定する材料がない。

六花は、抵抗する気力さえ失われていた。

蔵を見回すと、小さな窓から、一筋だけ光が射し込んでいる。それが希望のように思えて、六花はぼんやりと見つめてしまった。

窓の光が、古びた縄を照らしている。

梁《はり》に結べば、子どもが首を吊《つ》るにはちょうどいい。

このまま死んでしまったほうが――。

六花は無意識のうちに、手を伸ばしていた。夢で起こったことは現実になるような気がしながら……首を吊れば、現実の六花も死ぬのだろう。目の前が海だったので、飛び込んでしまえば楽だ。

「でも……」

が、その手を止める。

死んだほうが楽なのに。

こんな役立たずで、誰も救えない人間は、いなくなっても問題ない。

「死にたくない」

つぶやいた瞬間、涙がこぼれた。

「ここで終わったら、わたしは本当に無能のままだから」

六花は自らの手をにぎりしめた。記憶どおりの、幼くて小さな手ではない。いつの間にか、十八歳の姿に戻っていた。

「わたしは、自分のために生きると決めた」

だからロンと契約して、呪いを解こうとしているのだ。

「まだ、わたしは……わたしのためになにもしていない！」

今度は悔いがないように。

せめて、なにか一つでも満足してから死にたい。

成せることも、成すべきこともわからないけれど……六花には、やりたいことがおぼろげに浮かんでいる。

『無意味じゃ！』

耳を劈《つんざ》くような絶叫。

大音量が六花を襲って、頭がどうかしそうだ。

抵抗する術のない六花は、両耳を塞いで耐えるしかなかった。このままでは、また意思を折られそうだ。

――六花さん。

どこからか、六花を呼ぶ声がする。

ふり返ると、蔵に射し込む窓の光が、今度は六花を照らしている。スポットライトが当たったみたいに。

まるで、闇から救い出してくれる架橋のようだ。

「あなたは」

窓の外に、なにかがいる。

とても大きくて、神々《こうごう》しい光を放っていて……たぶん、人の形をしていない。薄らと、青みを帯びた光が、六花の目に焼きつく。

「綺麗……」

そんな場合ではないとわかっていながら、口からは無意識に言葉が漏れていた。美しさに、ため息さえ出る。

様々な光を反射させて煌めいているのは鱗《うろこ》だろうか？　固そうなのに、どこか温もりがあってやわらかい光だった。

六花は意識せず、手を伸ばす。

『おのれ……！　おのれ……！』

鵺の力が弱まっていく。断末魔のような不吉な悲鳴をあげながら、どこかへ退けられていった。

六花は身をのり出して、光を求める。

その手を、誰かが優しくつかんでくれた。

——こちらへ、おいで。

＊　＊　＊

強い光が、まぶたを刺激する。

夢の中なのか、現実なのか、まだ区別がつかない。早く意識をとり戻したい気持ちに反して、身体の目覚めはゆっくりであった。

「ん……」

薄らと目を開けると、真っ赤な色が視界に入る。

水平線の向こうから、赤い朝日が昇っているところだった。水面が炎のように燃えて、太陽が二つに重なって見える。

室戸岬のだるま朝日である。

「六花さん」

ぼんやりとする六花に、誰かが優しくささやく。とても暗くて冷たい夢を見ていた気がするのに、六花の身体はやわらかな温かさで包まれていた。

「六花さん」

もう一度呼びかけられて、六花は我に返る。

室戸岬の水平線に現れただるま朝日を浴びて、相手の顔がはっきりと確認できる。近すぎる位置に、青空色の瞳を認めて、六花は身を強ばらせた。

どうしてこうなっているのか……六花はロンの腕に抱えられている。たくましい胸に身体がピッタリとくっついており、鼓動が伝わってきた。ロンの腕は石のようにたくましくて、不用意に動けない。

「気がついてよかった」

「あ、あの……」

降ろしていただけないでしょうか。そう頼もうとしたけれど、上手く言葉が出なかった。

「怖い夢を見ていたね。このまま目覚めなかったら、口づけようと思っていたよ」

ロンは戸惑う六花の髪に、軽く唇を寄せた。

髪越しに頭に触れられて、六花はビクリと身を震わせる。

「ち、近いです！　降ろしてください」

「これから、唇にもしてあげる。お姫様には目覚めの口づけが必要だろう？」

「お姫様じゃないので結構です……」

とにかく近すぎる。六花は降ろしてもらおうと、ロンの胸板を軽く手で押した。

細身に見えるが、こうしていると胸も腕もたくましい。それでいて、しなやかで……どこをとっても、容姿は完璧だった。

「ロンさんが助けてくれたんですか……？」

六花は夢で鵺に呑み込まれそうになった。あのままでは、負けて自害させられていただろう。危機一髪だった。

「うん。河童に教えてもらったんだよ」

叫びながら逃げていった河童のうしろ姿を思い出す。河童は鵺の妖気が怖くて逃げたのではなかった。六花のために、宿まで走ってくれたのだ。

「でも、僕だけの力じゃ六花さんは救えなかった」

「どういう意味です……？」

問うと、ロンはまっすぐに六花を見おろした。

「六花さんが、自分で生きたいと思ってくれたから。そうじゃなければ、僕が介入しても無意味だったんだよ」

夢での出来事はおぼろげだ。しかし、六花は自分のために生きたいと、決意を口にした。

あれが自分の命を救うなんて。

「いくら周りが助けても、本人の意思がないと救えないんだ。立ちあがってくれて、ありがとう」

ロンは六花を抱きしめる手に力を込めた。

痛いくらい強いのに、不快感はない。

「また苦しい思いをさせたね」

ロンは痛ましそうな声音でささやく。

「夫として、僕は君を守る義務があるのに」

「契約の夫婦じゃないですか……」

ロンがようやく降ろしてくれたので、六花は顔をそらしながら答える。

「六花さんは、そう思っているんだ？」

ロンが不満そうな顔をしているのは、どうしてだろう。

「ロンさんは、だって……人間を知るために、わたしを妻にしたんですよね？」

違うんですか？　六花は問う気持ちで、ロンを見あげた。

そこに利害関係はあるが、愛情は存在していない。ロンは六花を愛して、妻にしているわけではないのだ。

「そうだよ」

ロンは、あっさり肯定した。

「人間が知りたい。どうして、あの人がいなくなったのか、理解できないから」

あの人？

誰のことだろう。

思えば、六花はロンについて、なにも聞いていない。龍神のようなものだと言っていたが……。

けれども、他者の事情に気安く踏み入るものではない。河童と同じように、誰にだって知られたくない悩みがある。なんとなく、六花から聞くことは憚れた。

朝日を受けて、ロンの髪が色を反射している。一本一本が橙色や黄色、白銀、赤……様々な色合いに煌めいて、一言で形容できない。

「なに？」

ロンは柔和な表情のまま首を傾げる。急かす素振りもなく、六花の問いを待ってくれた。

朝日が水平線から離れ、昇っていく。

「旦那様ー！　奥様ー！」

六花が口を開いた瞬間、遠くから声がする。

コマが小さな身体で、こちらへ駆けてきていた。しかし、ゴツゴツとした岩場に足をとられ、すってんころりんと転がってしまう。うしろから、河童が身軽に岩場を跳び越えて追いかけてくる。

「とりあえず、帰ろうか」

ロンが六花に手を差し出す。

「はい」

六花は、ロンに手を重ねた。

昇っていく朝日を、波がキラキラと反射している。すでに太陽は水平線から離れ、だるまの姿ではなくなっていた。

その光は爽《さわ》やかで明るく、そして希望に満ちているようだ。

広い太平洋を背にして、六花はロンたちと宿へと戻っていった。

6

朝食を済ませた頃合い。

河童が宿の門を潜って外へ出る。通じる場所は最御崎寺付近、室戸岬の海岸線だ。荒々しい太平洋の波と、岩礁や奇岩によって作り出される独特の景色が、長い遍路道の険しさを表すかのようだった。

明るくなってから改めて見ると、自然の力強さと豊かさ、そして不思議を集めたかのような海岸である。日が昇って寒さが和らぎ、温暖な高知県らしい気候となっていた。

「じゃあ、遅くなったけど行くわ！」

河童はお皿のうえに菅笠をのせ、金剛杖をつく。

鵺の一件があったせいで、出発が予定よりも遅れてしまった。

「いろいろ、ありがとうな」

河童は六花に対して、丸っこい身体を折って頭をさげる。

その姿を、六花は見送ることしかできない。

河童はお遍路を続けるそうだ。効果は現れていなくとも、途中で投げ出したくないようだ。もしかすると、この先の道のりで河童のねがいは叶うかもしれない。

でも……。

「ありがとうございましたっ」

コマが河童にお辞儀をしてお見送りする。

「また来るといいよ」

ロンも親しみやすい笑みを河童に向けていた。

河童は門を呼べる鈴を持っているので、いつでも〝道しるべ〟に来られる。とはいえ、これが最後になる可能性もあった。

「またな」

やがて、河童は片手をあげ、くるりと背を向ける。丸っこくて小さな身体に、大きな荷物が不釣り合いだった。見目に反して、とても力持ちで、体力があるのだと思う。

その姿が、海岸で六花を助けてくれたときの背に重なる。

どうしようか迷うが、六花は一歩前に踏み出した。

「河童さん！」

気がつくと、喉から声が飛び出ていた。なにを言うか、まだ決めていないのに……口が勝手に動き出してしまう。

「どうしたどうした？」

河童は不思議そうに、六花をふり返る。

六花は深呼吸して、胸の前で掌をキュッとにぎりしめた。

「河童さんは……泳ぎが苦手だから、ご自分を無能だとおっしゃっていました。たしかに、河童なのに変かもしれません」

河童の悩みは、自らの在り方を揺るがすものだ。

六花と同じ。いくら気持ちが楽になっても、救われない。

だけど……。

「でも、河童さんはわたしにとって恩人です。河童さんがいなかったら、わたしは……」

あのとき、河童が宿へ報《しら》せてくれなかったらと思うと、背筋がゾッとする。六花一人では、夢の中で鵺に負けていたかもしれない。

「こんなこと言っても気休めかもしれませんが、河童さんって……実は、足が速いんじゃないでしょうか」

「え？」

六花が夢に呑まれてから、ロンが駆けつけるまで、さほど長い時間は経っていなかったはずだ。岩場をものともせずにぴょんぴょんと跳び越えて進む姿は、陸で暮らす人間や妖よりも、ずっと速くて身軽であった。

河童は足が速いのだ。

「水辺で生活する妖なのに、そんな大荷物で歩き遍路をするのも、とてもすごいですよ。足腰が強くないと無理です」

泳ぎは苦手かもしれないが、河童には陸で生きていくための要素がそろっている。六花はなんとか理解してもらおうと、説明した。

「河童なのに、と思うかもしれません。でも、河童さんの立派な個性であり、強みではないでしょうか。他の河童にはできないことです」

上手く伝わっているだろうか。

河童はポカンとした表情で六花を見るばかりだ。

六花は不安になりながらも、それを顔に出さないようにつとめた。

「たしかに、河童様の足は速かったですっ！　ウチ、追い抜かされました！」

コマも両手を広げて肯定してくれる。

「そうだね。もう少し遅かったら、六花さんは危なかったよ。僕の花嫁を守ってくれたお礼を言わないと」

ロンもうなずいた。花嫁と言っても契約結婚なので、そこは引っかかる部分ではあるが。

六花は河童に元気を出してもらいたくて、手をにぎる。

水掻きは小さいかもしれないが、立派な手だ。

「そんなこと……」

河童は戸惑ったように眉をさげた。

迷惑だろうか。河童なのに足が速いなんて、やっぱり嬉しくないだろうか。

「気づかなかった」

河童の目が潤みはじめる。

頬が赤くなって、表情がどんどん崩れていった。

「そっか。オイラには、そんな特技があるんだなぁ」

震える嘴で、ポツンとつぶやき、河童は目を細めた。目からボロリと涙がこぼれ、嗚咽が漏れはじめる。

ピィピィとか細い鳴き声が、辺りに響いた。

「ありがとう……ありがとう……」

河童は手で涙を拭いながら、何度もお礼を言う。

「う……うぅ……」

その様子を見ていると、六花の胸まで熱くなってくる。

「すごいな、六花さんは。僕は河童がどうしてほしいかなんて、全然理解できなかった」

自然な動作で、ロンが六花の肩を抱き寄せる。

「どうやったんだい？　こういうとき、なにをしてあげれば喜ぶの？　コツを教えてほしいな」

耳元でささやかれると、身体の奥がぞわりとする。甘い声音と雰囲気に流されそうになったが、六花は首を横にふった。

ロンは優しい。

でも、六花にはずっと違和感があった。

今の言葉で気づいてしまう。

六花に対する接し方も同じようなところがあるのだが、ロンは「どうすれば相手が喜ぶのか」と考えている。これは大事な心がけだと思うが、ズレている気がした。

ロンは、あまり相手を見ていない。「こういうときは、こうする」とか「このような言葉をかければ喜ぶ」とか、頭で考えて動いている節がある。

相手にあわせたり、気持ちを尊重したりするのではなく、感情や行動をパターン化しようとしているのだ。

ロンは人間がわからないというが、根本的に感情を理解していないのかもしれない。妖である河童の悩みは六花にも理解と共感ができた。ますます、ロンが遍路宿を営む理由がわからない。

「あ……」

不意に、六花は右手に違和感を覚える。

サァッと水で洗い流すような、冷たい感覚だ。身体に充満していた不快感の一部が落ちていく気がした。

「痣が」

右手の甲に刻まれた痣が赤く光っていた。六花が手を持ちあげると、痣の形が徐々に変わっていく。

「これも数字なんですか……？」

今度の痣も六花には読めず、眉根を寄せる。

「百七だね」

代わりに読んだのはロンだった。

呪いの上書きによる死の条件は、〝三年で百八の功徳を積まなければ喰われて死ぬ〟というものだ。つまり、三年以内に、痣の数字を減らしていけば、六花は死を免れる。

今回、河童との関わりが功徳として数えられたということだ。

しかし、同時に……あと百七もの功徳を積む必要がある。それは六花にとって、途方もない数だった。

「このままいけば、呪いは解けるよ」

ロンの言葉が心強かった。

「僕の花嫁なら、大丈夫」

そう言われると、なぜだか達成できる気がする。なんの根拠もないし、ロンが本心から六花を応援していないかもしれないのに。

それでも、悪い気分はしなかった。

「いや……」

不意に、耳のうしろを触られる感覚があり、六花は身体を硬直させた。

きっと、ロンがまたなでているのだ。

みんながいるのに、距離が近くて恥ずかしい……！

六花はとっさに、肩を払う動作をした。

「え」

けれども、手に当たったのはやわらかい感触だった。ぴょーんと、簡単にどこかへ飛んでいってしまう。

すぐ近くで、ロンが不思議そうな顔をしていた。

虫やゴミだったのだろうか？　それにしては、大きかったような……。

『暴力的な娘じゃのう！』

どこかから、抗議の声があがる。

聞き覚えのある声に、六花は身を震わせた。

「ぬ、鵺……！」

身体に寒気が走る声は、鵺だ。

夢での出来事がフラッシュバックして、意思に関係なく六花の身体が強張る。

ロンが、六花を守るように手に力を込める。

「六花さん、大丈夫だよ」

緊迫感を含んだ声音だった。ピンと張りつめた警戒心は怖いくらいで、六花は腕の中で縮こまってしまう。

しかし、ふと。

こんなときなのに、ロンの髪が視界に入った。

プラチナ色の髪がほのかに光を帯びている。いつもは周囲の光を反射させているのに、今は髪そのものが光っているように感じた。とは言っても、電飾ではなく、蛍や星みたいに淡い自然の光だ。

そして、間近で見ると……髪を束ねる赤い組み紐は、少し古いもののようだった。ところどころ、目が綻《ほころ》んでいるのは経年のせいか、作り手の未熟さか。

ロンは立派なお宿を構え、よい着物をまとっているのに、組み紐だけが浮いていた。

『ヒョー……ヒョー……』

不気味な笑い声をあげながら、黒い影が蠢《うごめ》いた。

猿の顔、虎のような手足、蛇の頭がついた尻尾……様々な動物が複合した奇妙な姿をしている。

かつては平安京を脅かし、赤蔵ヶ池に封印される禍々しい妖。今もそのおぞましさは健在。妖の中の妖――。

鞠《まり》程度の大きさであることを除いて。

『ぐ……』

やわらかそうな体毛がふわふわと風になびき、紅い目がくるりと六花を見あげていた。

妖気も姿も、鵺のはずだが……。

「なんですか？　このキモカワイイ生き物は？」

最初に口を開いたのはコマだった。

すると、鵺と思《おぼ》しき妖は、ぷんぷんと足踏みをはじめる。たぶん、本人は本気で怒っているのだが、如何《いかん》せん、サイズ感が……おぞましさが木っ端微塵《こっぱみじん》に吹き飛んでいた。

『汝らのせいじゃ！』

鵺は虎の前脚で地を踏み鳴らしながら訴える。

『我は分身。本体は今も池におるが、さすがに、何度も力が封じられれば……形を保ちたくとも、このような姿にしかなれぬ！　どうしてくれる！』

どうしてくれるとイチャモンをつけられても困る。六花は、とっさに切り返す言葉を持ちあわせていなかった。

鵺はぴょんと跳ねて、六花に向かおうとする。しかし、ロンが指先で弾きながら、鵺から六花を守った。

「なら、もう一押しすれば消滅するのかな？」

『やめぬか。無駄じゃ。我はその娘の呪い。死ぬまで離れぬぞ。消滅もせぬ！』

「なるほど。消滅はしないが、力は弱まるか。これ以上、六花さんに手出しをすれば、指先のサイズにしてしまうよ」

鵺はムキーッと牙《きば》を剝《む》き出しにするが、イマイチ凄《すご》みに欠ける。たしかに不気味ではあるが……コマの言ったとおり、「キモカワイイ」に該当してしまう。

『おのれ。見ておれ……』

鵺が奥歯を噛みながら悔しそうに六花を睨みつける。

「困ったな……これ、どうする？　離れないつもりだよ」

ロンは鵺の扱いに困って苦笑いしていた。

「僕の花嫁なのに、変な虫につきまとわれるなんて」

またロンは、花嫁なんて言い方をする……六花は急いで訂正しようと口を開いた。

「契約の花嫁ですよね」

『虫ではない。鵺じゃ！』

鵺の抗議と重なってしまった。

なんだか、一気に騒がしくなった気がする。

家にいるときは、考えられなかった。

だけど、どこかで馴染んでいる自分がいる。

呪いを解くため契約結婚し、妖の遍路宿で働いて……この生活がはじまって間もないのに、これが日常だと認識しつつある。

ここが六花の居場所だと、思ってしまう。

三．同行二人

1

無数の燈籠が吊り下がり、本堂を照らしている。

浮かびあがった龍の天井画を、六花はぼんやりと見あげていた。いつの間にか、口が開いてしまっていたので、意識して表情を引き締める。それほど見事なものであった。

「ここは、〝一番さん〟ですっ」

そう解説してくれたのは、コマだ。子狐ではなく、女の子の姿で笑っている。明るくて愛くるしいが、どこか包み込むような安心感をくれる微笑みだった。

一番札所、霊山寺。四国遍路八十八ヶ所の出発点に定められたお寺である。のどかな徳島県鳴門市中に建ち、「一番さん」として親しまれていた。この地から、右回りに続く遍路道の歴史は、実に千二百年にも及ぶ。

「こちらのお寺で、みなさん旅の安全を祈願していくんです。ウチも、いつもお客様をお守りくださいって、おねがいします」

妖に仏教への信仰心はないと聞いていたが、お参りはするらしい。その辺りの宗教感覚は、現代の日本人に近いのだろう。

コマは、本堂に向けて二礼二拍手一礼する。

ぺこっぺこっ、ぱんっぱんっ……ぺこり。

「……ここって、お寺ですよね？」

ふと、コマの仕草が気になって、六花は問う。

コマは不思議そうに小首を傾げた。

「二礼二拍手一礼は、神社のお作法だった気がします……霊山寺だけの決まりがあるのでしょうか？」

「はっ……！」

六花が指摘すると、コマは口を開けて固まっている。ショックが大きかったのか、ぴょこんっと、頭のうえに耳が出現していた。

どうやら、単純なミスだったらしい。

「……きっと、大丈夫です！　お参りすることが、一番大事ですもんね！」

六花は慌てて言いながら、コマと同じように二礼二拍手一礼した。お作法としては間違っているかもしれないが、お賽銭《さいせん》も入れたし、たぶん大丈夫だろう。

「うう……今まで、ずっと……無意識ですぅ……」

コマは恥ずかしそうに頬を赤くしながら、両手で狐の耳を隠した。

「仏様は大らかですから、大丈夫ですよ」

「でも、仏の顔も三度までと言いますぅ……ウチ、何回来たかわかりません」

本堂をあとにしながら、コマはしょんぼりと肩を落としていた。

「気にしなくていいと思いますよ。えっと……ほら、お客様は、元気にお遍路さんをしているんですよね？　コマ先輩が間違えたせいで不幸な旅になった方がいらしたんですか？　いませんよね？」

六花は苦し紛れに言葉を繕ってみた。

右手の甲に視線を落とす。刻まれた数字はあいかわらず読めないけれど、ロンによると、「百五」と刻まれているそうだ。宿で働きはじめて一ヶ月あまり。何人かのお客様を見送って、数字が少し減っていた。

六花に課せられた功徳は、親切や真心なのだろう。お客様と誠心誠意向きあい、少しでも相手の心が救われたときに形が変わる。

厳しかった冬の寒さも、春に向けて和らいできた頃合い。六花もコマたちとのつきあい方に慣れてきた。

「たしかに……お客様、みんなお元気ですっ」

六花の説得が効いて、コマの顔が明るさを取り戻す。太陽みたいに魅力的な笑みがパァッと咲き誇っていた。

「きっと、先輩のおかげですよ」

「そうかもしれませんっ。ありがとうございます！　奥様！」

コマはすっかり元気を取り戻している。ついでに、頭から生えた耳も引っ込んでいた。取り乱すと、耳や尻尾が出てきてしまう。なんとなく、パターンが読めてきたが、人間がいる場所だとヒヤヒヤさせられる。

「じゃあ、鈴をお届けしますね」

本堂近くの販売所に向けて、コマが歩いていく。

お遍路さんたちにはお馴染みの白衣や、菅笠、金剛杖などが売られていた。その片隅に、桐の箱に入った鈴が並んでいる。

宿への門を呼び出す鈴だった。

「この一番さんの販売所に、鈴を並べさせてもらっているんです。もちろん、宿と同じでお代はとりませんよ。お接待の一環です」

四国遍路にはお接待の文化がある。長い道のりを旅するお遍路さんたちに、施しをするのだ。無償で食べ物やお茶を出したり、宿を提供したり。人間の遍路宿では宿泊代をとるようだが、〝道しるべ〟は無料である。

ほかにも、お遍路さん向けの炊き出しを行ったり、おへんろ交流サロンとして休憩所が設けられていたり、様々なお接待があるらしい。

お遍路さんの菅笠には、「同行二人」という文字が書かれており、みんな弘法大師空海とともに歩いているとされている。ゆえに、お遍路さんへのお接待は、弘法大師空海をもてなすという意味にもなるのだ。

それにしたって、すべてを無料提供している〝道しるべ〟は、どのように経営しているのか、六花はふと気になった。ロンは、昼間のほとんどを「作業部屋」で過ごしているが、なにをしているのだろう。この辺りも、あとで聞かなければならない。

「これ、人間のお遍路さんが持っていくこともあるんですか？」

鈴はなんの変哲もない銀色をしている。吉祥結びにされた赤い組み紐がついていて、可愛らしいストラップのようだ。お遍路さんが魔除けのためにつけている持鈴《じれい》とは、デザインがまったく異なっている。

六花も、昔はよく組み紐を作っていた。

雪華と違ってアクセサリーを買ってもらえなかったので、自作していたのだ。いろんな結び方を試して、腕や髪につけていた。それが生意気だと思われたのか、母に切り刻まれたことがあり、今ではやめてしまったけれど……。

「うーん……こうやって置いてあるんですが、人間のお遍路さんは誰も持っていってくれないんですよね。だから結局、宿も妖向けにしてしまったんです」

コマは困ったように眉をさげる。

〝道しるべ〟は当初、人間のお遍路さん向けだったのに、失敗したので方針を変えたらしい。鈴を持っていく人がいないなら、当然の話だ。あの宿へは、六花のような「死」に近く、魂のありどころがあいまいな人間だけが迷い込むという。

「どうしてでしょうね……」

六花は何気なく、鈴を一つ持ちあげる。


——おいで。おいで。お宿へ、おいで。鈴を鳴らせば、門が開く。


「!?」

六花はびっくりして鈴を落とす。

鈴を鳴らした瞬間、頭の中に声が響いたのだ。

この声は……聞き覚えがある。久万高原町の山中を彷徨う六花を、〝道しるべ〟の門へと呼び寄せた声と同じだ。

よく聞くと、ロンのささやきにとても似ている。

「なんか……声が……もしかして、これ。鈴を手にした人には、みんな聞こえているんですか？」

まさかと思って、六花はコマに確認してみた。

「あ、はい。旦那様が術をかけているんです。鈴の使い方がわかるように、チュートリアルだそうですっ！」

たしかに、説明があれば親切だが……これは、普通の人間にとっては怪奇現象だ。気味が悪くて持っていく人なんていないだろう。

「あとで、ロンさんに改善を提案しましょう……」

改善したところで、目の前に門が現れて、普通の人間が入ろうと思うか、謎ではあるが。

「全部そろっているんですね」

販売所には、ほかにもお遍路に必要な様々な道具が売られている。金剛杖、白衣、さんや袋、菅笠、納札、経本《きようほん》、納経帳《のうきようちよう》などなど……どれも、〝道しるべ〟に訪れるお客様が持っているものばかりだ。

「気になりますか？」

六花は、特段なにも考えずに、ぼんやりと白衣をながめていた。しかし、コマはそんな六花の顔をのぞき込んで笑う。

「一番さんの販売所で、道具を買っていかれるお遍路さんも多いんですよ」

「そうなんですね」

六花なら、事前に買いそろえてから旅に臨むだろうが、どうせなら一番札所で入手したほうが、御利益がありそうな気もした。

「奥様も、やってみますか？」

「え？」

コマの問いに、六花はすぐに返答できなかった。

「お遍路さんです」

コマは足をあげ、両手を前後にふって歩くポーズをしてみせた。きっと、子狐の姿であれば、尻尾が揺れているのだろう。

「いや、わたしは……仏教に、あまり詳しくありませんし、祈願することもないんです」

六花は自分のために生きようと決めたけれども、仏に祈るようなねがいなどなかった。

いや、目標ならある。しかし、それをここで言うのは憚れた。

これは……六花の抱える醜さだ。四国遍路とは程遠い。

「祈願なんて、必要ないですよっ」

うつむく六花に、コマは人差し指を立てた。

「人間のお遍路さんには、人生の目的を探すために歩く方もいらっしゃるんです。自分探しというらしいですよっ」

「自分探し？」

六花が復唱すると、コマは元気よくうなずく。

「妖にとっては、妖力を回復したり、高めたりする効果があるので、目的を持って回る方も多いですけど。人間のお遍路さんは、様々な理由で歩きます。なんなら、車やバイクでの巡礼も人気ですよ？」

「そうなんですね……？」

たしかに、車遍路やバス遍路はある。長期の休暇がとれないため、細かく区間を切って回る人もいるらしい。

「純粋に信仰や修行目的ではない方も多いと聞きますし、歩いてみてから考えるというのも、いいと思います」

六花は、今まで……家族から必要とされず、生贄として育てられてきた。なんの役にも立たない無能で、それが六花にとっての世界のすべてで……正直、広い四国の地を、歩いて回るなんてイメージがつかない。

「先輩は、歩いたんですか？」

「はいっ。師匠と一緒に！　新婚旅行みたいで、楽しかったですよ！　あ、まだウチら結婚してませんけどっ」

コマはぴょんっと、跳ねるように前に駆けた。

ふり返った笑顔に陽が当たってキラキラしている。

この姿は、変化術で作ったものだ。本当のコマは、小さな化け狐である。しかし、まぶしい笑顔は、きっと本物だ。

六花は反射的に、コマから目をそらしてしまった。

コマは六花をたくさん褒めてくれるし、ロンや将崇は優しい。

けれど、六花は――六花自身は、自分を好きではなかった。こんなに醜い欲求を抱いている自分なんて……。

四国遍路を歩けば、こんな風に笑えるようになるのだろうか。

2

「お昼ごはん、食べにいきましょうか」

宿の玄関に入って、コマが微笑んだ。まだ人間の姿のままだが、気が抜けたせいか、耳と尻尾だけ出ている。

「そうですね」

六花はうなずく。従業員なので賄《まかな》い料理を食べるのが本来だろうが、この宿には台所がない。将崇の店の入り口と繋がっているからだ。

「今日は、食堂の看板狐はやらなくてよかったんですか？」

「はいっ。火曜日は食堂の定休日なので」

「あ、そうでしたね。つい曜日感覚が薄れてしまって」

そう聞いて、六花はふと気になる。

「あれ……じゃあ、将崇さんと一緒に霊山寺へ行けばよかったのでは……？」

将崇とコマは、狸と狐の間柄でありながら、結婚するつもりらしい。六花から見ても、とても仲のいい間柄だった。

すると、コマは頰を赤らめる。

「師匠とは、いつもデートしていますから」

嬉しさを隠そうともせず、うしろで尻尾がふりふりふり。両耳がぴょこぴょこっと動いている。

「旦那様から、奥様に気晴らしをさせてほしいっておねがいされたので」

「え」

六花は眉根を寄せた。

「ロンさんが……？」

六花を連れ出したのは、ロンから頼まれたから。そう聞いて、六花は急に心地が悪くなる。

「はいっ。旦那様では、奥様の気を損ねるばかりだと嘆いていました。乙女心を全然心得ていませんからねっ。しょうがないんですよ！」

コマはぷりぷりと言いながら歩く。基本的に温厚でふんわりとした性分だが、ロンの人間への不理解に対しては、やや辛辣《しんらつ》なところがある。

「でも」

コマはパッとふり返りながら切り返す。

「旦那様は、奥様をいつも気にかけています。それだけは本当ですよ」

ロンは人間がわからないと言うが、六花には彼がわからなかった。

おそらく、妖も含めて人間的な感情が理解できないのだ。なのに、知りたがっている。

ロンの行動は謎が多いが、気にかけてくれているのは、たぶん本当のことだ。

「わかってますよ」

溺愛云々はともかく、ロンは形だけでも六花を案じている。宿に住まわせてもらっているだけでも、ありがたい話だった。

「師匠、ただいまですっ」

食堂の入り口を、コマが元気よく開く。ガラガラッと引き戸が音を立て、コマが暖簾を潜った。

六花も下駄を履いて、コマのあとに続くように食堂へ入る。

「あ……」

食堂には、先客がいた。宿を通じて入ったお客はいないはずなので、将崇の食堂に直接訪れたのだろう。定休日と聞いていたため、すっかり油断していた。

ベリーショートの髪が印象的な女性だ。大きめのピアスが耳を飾り、顔を小さく見せている。着ているのはラフなジャージだが、オレンジレッドの髪色のおかげでカジュアルで可愛らしかった。

女性はカウンターでタブレット端末に向かっていたが、六花たちのほうをふり返る。

「あ！　ゆづ？」

女性は六花とコマを見るなり、嬉しそうに手をふった。まるで、友人に対するあいさつだ。しかし、身に覚えがないので、六花はその場で硬直してしまう。

「違いますっ。ウチですー！」

そう答えたのは、コマだ。

六花の隣で腰に手を当てると、もくもくと白い煙が立ち込めた。みるみるうちに、女の子の姿は小さな子狐へと変わっていく。

「こ、コマ先輩！　人前で……」

女性は妖の類ではなく、正真正銘の人間だった。

六花は、焦ってコマを止めようとする。

「こいつは大丈夫だぞ」

口を挟んだのは、カウンターの向こうで作業をしていた将崇だった。

六花が両目をパチクリと見開くうちに、煙からコマがぴょこんっと飛び出す。

「なんだぁ。キツネちゃんか〜」

コマの姿を見て、女性は驚きもせずに笑った。どうやら、普通の人間だが、コマたち妖の事情には通じているようだ。

六花だけが把握できず、その場に棒立ちになる。

「ウチ、あんまり変化術が上手くなくて……前に働いていた旅館の若女将のお姿を借りているんです」

六花のために、コマが解説してくれた。

どうやら、コマは「ゆづ」という人に化けているらしい。そして、女性はその姿を見て、誤って声をかけたようだ。

「素敵な女性ですよ。いつか奥様にもご紹介しますねっ」

コマが笑うので、六花はあいまいに返した。六花は本人を知らないのに、コマの変化で姿だけわかる。ちょっと複雑だった。

「はじめましてやんね？」

女性が立ちあがり、六花へと歩み寄る。間近に立つと、思っていたよりも背が高い。のぞき込まれたら、ちょっとだけドキドキしてしまった。

「麻生京《あそうみやこ》。高校で将崇の同級生やったんよ」

京はにっこりと笑いながら、六花に握手を求めた。

一瞬、将崇は狸なのに高校に通っていたのか？　という疑問が過るが、これだけ変化術が上手なら、あり得る話だと納得した。実際、将崇は人間の調理師免許も取得しており、かなり人間社会に順応しているようだ。

「赤蔵六花です。宿で働かせてもらっています……ふつつか者ではございますが、よろしくおねがいします」

六花はていねいに頭をさげてから、京の手をにぎる。

「固い！　うち、そういうの苦手やけん！」

訛《なま》りが温かい。きっと、これは六花と同じ愛媛の方言である。懐かしい気がして、なんだか嬉しくなった。

六花の家族は愛媛に住んでいたけれど、誰も方言を使わない。自分たちの先祖は、他所《よそ》から来たという自負があったからだ。もはや地元と言っても差し支えない年月を愛媛で継いだ一族だろうに。

一方で、近所の人や学校の生徒は、みんな方言だった。楽しい記憶の大半は、家の外のものなので、六花にとっての懐かしさは、必然的に方言のほうが強い。

「わかりました。京さん」

ひかえめな六花の手を、京はしっかりと強い力でにぎり返してくれる。なんとなく、頼もしかった。

「昼間から飲んだくれてる無職《ニート》に、礼儀なんていらないんだぞ」

将崇が辛辣な一言を発しながら、京の席から一升瓶をとりあげる。ほのかに京から糀《こうじ》の匂いがして、飲酒していたのがわかった。

「ああ！　ちょ、ええやんけ！　ケチ！」

京はキーキーと声をあげながら、カウンター越しに手を伸ばそうとした。

「婚活に惨敗して、昼間からうちの店で呑まれて困るって言ったほうがいいのか？」

「ドストレートに抉《えぐ》ってくるやん。しょうがないんよ！　相手の男、みんな家事育児したくないくせに共働き志望やけん！　時代遅れもええところよ！」

京はキーキーと説明しているが、将崇には少しも響かないようだ。

「就活が面倒くさくて大学卒業してからずっと無職してる女も、たいがいだと思うぞ」

「専業主婦志望ですー！　それに、うちだって働こうとしてるんですー！」

京はカウンターに置いてあったタブレット端末を持ちあげ、将崇に見せつける。

液晶画面には、『誰でも簡単！　今すぐできる起業セミナー！』とあった。

「うち、意識低い人間の下で働くの嫌やしぃ。いっそ、起業しようと思っとんよ」

京は得意げに言いながら胸を張る。

将崇はますます、胡散臭そうな視線を京に向けた。

なんだか、にぎやかな人……。

将崇も、いつもより生き生きとしていて楽しそうだ。六花は、彼らの輪に入ることはできないけれど、近くにいるだけで、心が明るくなってくる。六花の周りには、今までいなかったタイプだが、つきあいにくいとは思わない。

「ほら、笑われてるぞ」

ふと、将崇が六花を示して言った。

いつの間にか、六花は笑っていたようだ。意識したわけではなく、自然と漏れた笑みである。

「僕といるときも、それくらい可愛い顔をしてほしいものだね」

不意に、何者かが六花の身体を引き寄せる。

六花はされるがままに、心地のいい胸に寄りかかってしまう。が、すぐになにが起きたか察した。

「ち、近いです。人前なんですよ」

隣で優しげに笑っていたのは、ロンだった。

六花は急いで身体を離そうとする。

「そんなに煙たがらなくてもいいでしょう？　見せつけておかないと、僕の花嫁に悪い虫がつくかもしれない。それに、六花さんも嬉しいだろう？」

「嬉しくないです。ただ恥ずかしいだけですから……」

ロンは根本的な部分を勘違いしている。ベタベタしていれば、六花が喜ぶわけでもないのに。

「どうすれば、六花さんに気に入ってもらえるんだろう？」

本気でわからないと言いたげだった。

ロンは、甘い言葉をたくさんくれる。もしかすると、ズブズブと甘えてしまってもいいのかもしれない。

本当の愛かどうかは重要ではなく、ただロンに満足してもらうために。

しかし、そんな関係は虚しい。

六花は本当の愛を誰からも向けられたことがなかった。だからこそ、その虚しさが身にしみている。

わたしは、愛されたいんだろうか……。

「普通にしてもらったら、充分です」

ロンが少しつまらなそうにするので、六花の心も揺らぐが、ここは気を引き締めたほうがいい。

六花はきちんとロンとの距離をとって立った。

「旦那様っ。旦那様も、お食事ですか？」

六花の気も知らずに、コマが小首を傾げた。

しかし、ロンはゆっくり首を横にふって否定する。

「いや。お客様だよ」

言いながら、ロンは食堂の引き戸をもう少し広めに開けた。ガラガラッと音を立てた向こう側に、六花の知らない影が立っている。

白衣をまとい、大きな荷物を背負う姿は、お遍路さんらしい馴染みのスタイルだ。金剛杖は宿の玄関に立てているのだろう。

肩にかかった砂色の髪が印象的な人だ……いや、人ではない。妖の類だと、六花には一目でわかった。

セピア色の瞳と、六花は視線があう。

儚げで線が細く、女性的な印象を持った青年である。外国人のような見目をしているけれど、にこりと笑って会釈する仕草は、日本人らしいものだ。

最近は外国人のお遍路さんが増えているので、このまま歩いても、普通の人間には疑われないだろう。今、世界の旅行誌で四国は注目されている。

「こんにちは」

「いらっしゃいませっ」

コマが、すぐに頭をさげてお辞儀をする。

「可愛らしいですね」

お客様は、にこにことコマにお辞儀を返した。

「いえ、それほどでもないんですぅ。ただの看板狐ですから！」

コマは満更でもない様子で、尻尾をふっている。

次いで、お客様は六花とロンに視線を向けた。

「いらっしゃいませ」

六花はコマに遅れる形であいさつする。

お客様は、六花を見据えて目を細めた。

「刻《とき》にも負けない、強い縁の糸が見えます」

お客様はそう微笑んだ。

縁の糸？

六花について、言ったのだろうか。

「どういう意味でしょうか？」

「いえ、気にしないでください。はっきり視《み》えるわけではないので」

あいまいに断りを入れながら、お客様は食堂のカウンターに座る。六花は釈然としないまま、お冷やをとりにいった。

「宿のお客さん来たなら、うちは帰ろうかなぁ？　普通の人間は邪魔やろし」

京が言いながら、タブレット端末を仕舞おうとする。だが、お客様はにこりと人好きのする笑みを浮かべた。

「いえ、お構いなく。それに、地元の方ですよね？　よろしければ、話しませんか？」

帰り支度をする京に、お客様は気さくに笑った。

「一応、〝道しるべ〟はおへんろ交流サロンの機能もあるんだよ。休憩所として使ってもらって問題ない」

ロンの説明に、コマがうんうんとうなずいていた。

「昼間に来るお客は少ないから、六花さんは初めてだよね」

「はい」

そもそも、宿の客入りも少ない。なのに、宿の建物は三階建てで立派なので、もったいない状態だ。

今、六花が余裕があるときに少しずつ、二階や三階を片づけている。そのうち、なにかに使用できないだろうか。

「うーん……まあ、少し話そうか。愛媛しかわからんけど」

京は再び椅子に座りながら、脚を組んだ。カウンターに頬杖をつき、お客様へ身を乗り出している。どうやら、興味があるらしい。

「なあなあ。お遍路さんは昼間やのに、歩きに行かんのう？　妖ってやつ？　夜に歩くとか？　なんで、お遍路はじめたん？」

京は遠慮なく、お客様を質問攻めにする。だが、お客様は嫌な顔一つしなかった。

河童のように悩みを抱え、一人で歩くお遍路さんも多い。しかし、このお客様は話したいタイプみたいだ。つくづく、いろんなお遍路さんがいる。

「私は付喪神《つくもがみ》です」

お客様は自身を示しながら説明する。

付喪神は物に宿る妖の総称だ。物は百年経つと精霊を宿すといわれており、彼らが付喪神となる。

「古い懐中時計でして。明治時代に、南蛮より渡って参りました」

「へぇー！　それって、アンティーク時計の付喪神ってこと？　なにそれ、すごいお洒落やん。やば！　やけん、イケメンなんやね。納得やわぁ」

京はさらに身を乗り出していく。六花は邪魔にならないように、お冷やのコップをお客様に差し出した。

「はい。もうすぐ壊れる時計です」

お客様の一言が、明るかった食堂の雰囲気を一変させた。身を乗り出していた京の表情も固まっている。

ロンだけは、わかっていたかのように平然としていた。

「主には、時計《私》を大切にしていただきました。その恩返しがしたくて、お遍路をしようと決心したのです」

淀みなく、スラスラとお客様は述べた。京はなにも答えず、ただ小さくうなずくだけだった。

六花も、なんと言えばいいのかわからない。

「しかし、お遍路参りは初めてです。情報が欲しくて、旅の前に寄らせていただいた次第です」

お遍路の情報を集めたいというニーズは、たしかに応えられそうな気がする。宿には、様々なお遍路さんが集まるからだ。

「なるほど。なにをご所望か。地図？　それとも、この先の難所についての情報かな？」

ロンは慣れた様子だった。

彼は他者の感情を理解しないが、お出迎えや情報の提供など、通常業務はそつなくこなす。これはロンにとっては、パターン化された行動なので簡単なようだ。

「地図を。妖の道もあるとうかがったので」

「妖のための遍路地図だね。極力、人目を避けられる道が選ばれているが、途中で人の道と交わるので注意が必要だよ。コマ、地図を持ってきてくれるかい？」

ロンに指示されて、コマが「はいっ！」と敬礼した。ビシッとした動作は格好がついていたものの、勢いをつけすぎたようだ。コマは反動で少しだけ右によろめいてしまう。コマがトコトコと小刻みに足を動かしながら、食堂を出ていく。六花はその様子を見送っていたが、ふと、お客様に話しかけたい衝動に駆られた。

「あの」

六花は小さく声を発する。

だが、発したあとで……これは黙っているべき事柄だと気づいてしまう。

「なんですか？」

お客様は人好きのする笑みを六花にも向けてくれた。けれども、六花はサッと視線をそらしてしまう。

とっさに、六花は食堂のカウンターに置かれた蜜柑を手にする。

「い、いえ……これから、お遍路をはじめるんですよね。がんばってください」

六花は愛想笑いをしながら、蜜柑を差し出す。

蜜柑を前に出されて、お客様は一瞬、不思議そうに小首を傾げた。

「？　ああ、お接待ですか？」

将崇の食堂は、五十一番札所の石手寺付近に建っているので、お遍路さんの利用も多い。カウンターには、お接待用の品が用意されていた。それを手渡すのだから、六花の行為はお接待だ。

「はい。受けとってもらえますか？」

問うと、お客様がはにかんだ。

「お接待は断ってはいけないそうですね。ありがとうございます」

お客様は荷物からお札を一枚取り出し、南無大師遍照金剛《なむだいしへんじょうこんごう》と唱える。

納札だ。四国遍路の持参品の一つで、お参りをする際、本堂と大師堂の二ヶ所に納める決まりだ。また、お遍路さん同士で交換したり、お接待のお礼として渡したりもする。

納札を渡すことで、自分の功徳をわけてあげる意味がある。

昔は、自分の名を彫った木の板を柱に打ちつけていたらしい。そのため、札所を回ることを「打つ」という。順番に回れば「順打ち」、逆順なら「逆打ち」だ。

「ありがとうございます」

六花は両手で納札を受けとった。宿で働きはじめて一ヶ月あまりだが、初めて納札をもらう。妖のお客様ばかりなので、納札を渡す習慣がさほど定着していないのだ。

しばらくすると、コマが地図を持ってくる。

「地図をお持ちしましたっ！」

「ああ、助かります。これは人間の店では手に入りませんからね」

お客様は嬉しそうに地図を受けとると、荷物に仕舞う。

「困ったことがあったら、いつでも来てくださいっ。宿としても使えますので」

コマがぺこりと頭をさげた。

「そうですね。またお邪魔したいと思います」

さて、と。お客様はカウンターから立ちあがろうとした。そろそろ、歩くつもりなのだろう。コマも六花も、お見送りの態勢に入る。

「ねえ、付喪神のお兄さんさぁ……呼びにくいんやけど、名前とかないん？　……ほら、また会うかもしれんし？」

聞いたのは京だった。

京の問いに、お客様は困ったように首を傾げた。

「とくに名はありません。主も、私を時計と呼んでおりました」

付喪神は物なので、その呼び方が名前となる。名前がない以上、彼は「時計」であった。

「んー」

京は軽く唸りながら考える。さっきまでより、真剣な気がした。

「じゃあ、ケイさん」

時計《トケイ》から、ケイをとったようだ。もとの名称から遠くなりすぎず、おさまりもいいように思えた。

「いいですね」

お客様は気に入ったらしい。心なしか、名前ができて嬉しそうだった。

「ありがとうございます」

清々しい面持ちが六花の胸に刺さる。

そして、六花の中でよくない感情がわきあがってきた。

お客様――ケイさんは、もうすぐ壊れてしまう。付喪神として宿った魂も消えるだろう。人間で言うところの死だ。

六花は……死の間際になって怖くて……抗った。ロンと契約して、呪いを解除するために宿で働いている。

なのに、ケイさんは自らの消滅を受け入れていた。

どうして？

六花は死ぬのが怖い。

実際に死を目の前にして、救いの手に縋りついた。しかし、ケイさんは壊れていく自分ではなく、所有者のために四国遍路をはじめている。妖は四国遍路をすることで妖力を増すそうだが、時計そのものが止まるのは、どうにもできない。

なぜなのか、聞いてみたかった。

でも、聞けなかった。

3

ケイさんが宿を出て数刻。

六花はあまり仕事に身が入っていなかった。

庭の池には、あいかわらず美しい水燈籠が浮いている。しかし、池の周りは雑草が茂り、落ち葉が無造作に散らばっている状態だ。水底にも、泥などが溜まっている。自然そのまと言えば聞こえはいいが、正確には荒れていた。

宿へ来たときは暗くて見えなかったが、働いていると気になってしまう。ようやく、まとまって掃除する時間がとれると思ったのに……集中できなければ、はかどるはずがない。

「すみません。奥様のお手を煩わせてしまって」

コマが申し訳なさそうに耳をさげていた。

宿の掃除は、これまでほとんどコマ一人が行っており、人手が圧倒的に足りていない。ロンは日中、部屋でなにかの作業をしていることが多く、宿の業務は夕方からしか参加しないのが常だった。

「いいんです。お役に立てると、わたしも嬉しいですから」

六花は額の汗を拭った。

「ウチ、いったんゴミを持っていきますね」

コマが落ち葉の山を袋に詰めて持ちあげる。あいかわらず、頭の上にのせておっとっと、と歩く姿は不安定だ。

「ありがとうございます」

六花は深呼吸する。

気合いを入れなければ。六花がまともにできるのは、掃除ぐらいなのだから。しかし、心の乱れは簡単に晴れない。

『わかるぞ』

どこかから、声が聞こえて六花は作業の手を止める。

『汝《うぬ》の苦しみ』

不気味な声に反して、穏やかさをはらんでいた。六花に優しく話しかけているような気さえする。

相手は考えるまでもなかった。

「鵺……いるんですよね？」

言葉を返してはならないと本能では理解しているが、六花は聞いてしまう。返事の代わりに、どこかからヒョー……ヒョー……と、鳴き声が響く。

『苦しみから解き放たれる方法を、教えてやろうか？』

姿が見えないのに、常に六花の細い首に、鵺の手がかかっている感覚があった。右手の甲が疼き、背中に流れる汗が気持ち悪い。

六花はドクドクと高鳴る心臓を抑えるように、胸に手を当てる。表情を引き締めると、自分を強く保てる気がした。

六花は、勇気を持って唇を開く。

「そういうことは、目の前に出てきてから言ってください。趣向を変えてみたところで、もうわたしは、怖くなんかないです」

六花は立ちあがりながら告げた。

『ふん！』

程近い茂みの向こうで、ガサッと落ち葉を踏む音がする。サッサッサッと、小さな足で走る気配もした。

「また僕の花嫁を惑わせようとしているね？」

もう一つ声がする。

いったい、いつからそこにいたのか。茂みの向こう側へと逃げていく鵺を、ロンがつまみあげてしまう。

『離せ！　く……おのれ！』

ロンにつままれて暴れる小さな鵺。

完全に動くぬいぐるみである。

「姿を見せると迫力半減だからって、陰からこそこそと話しかけていたんだね。可愛いところがあるじゃないか」

『黙らぬか！　誰のせいだと思っておる……！』

身体が小さいせいなのか、ピーピー雛《ひな》が囀《さえず》っているように聞こえる。

「あまり吼《ほ》えないほうがいいよ。ただ可哀想なだけだから」

ロンが唇の端を持ちあげた。不覚にも、六花も同意する。

『貴様ら！　覚えておれ！』

鵺は、何度も聞いた捨て台詞《ぜりふ》を吐いて、ロンの手から抜け出す。そして、チンマリとした虎の脚で、ぴょーんぴょーんと跳ねて、どこかへ行ってしまった。

「大事はない？」

鵺の姿を目で追っていた六花に、ロンが笑いかける。

「大丈夫です。ロンさんのお手を煩わせて、申し訳――」

六花は言いかけて、やめる。

すぐに謝るのは、赤蔵の家にいたときの癖だ。

「ありがとうございます」

謝罪ではなく、お礼の言葉に。言い直すと、どこかむず痒い感情が胸に灯る。同時に、謝るよりも、前向きな気持ちになれた。

ずっと気分がいい。

「なんだ。いい顔だね？」

ロンは六花の言葉を受けて目を細めた。

「もっと見たいな」

ロンの笑みは、暗い道を照らす光。甘えてはいけないのに、羽虫のように、六花の視線は吸い寄せられた。

いつまでも、見つめていたくなる。プラチナ色の髪は、日光を反射して金に輝いていた。

それを束ねる組み紐は、明るい赤で――。

「………？」

赤い色をながめていると、六花の中にぼんやりと浮かんでくる記憶がある。いつのことだろう。思い出せないくらい遠くて、些細な……森に囲まれた長い石段を歩いているイメージが脳裏に浮かんだ。

あれは、たしか……。

「どうかした？」

六花が組み紐を見つめていたので、ロンがはにかんだ。

「見たい？」

ロンは六花によく見えるよう、束ねられた髪を持ちあげてみせた。前に見たときと同じで、組み紐は古くて、少し綻びが生じている。

妖の力ではなく、人間が編んだものだった。

「いえ……どこかで、それを見た気がして……」

六花が思い出そうと考えていると、なぜかロンは嬉しそうに笑った。

ロンは人間の感情を理解しない。だから、こんな風に笑っていても、本当に嬉しいとは限らなかった。

しかし、今この瞬間の笑みは、心からのものだと気づく。

「ありがとう、六花さん」

「え?」

どうして、ロンはお礼を言ったのだろう。

六花は返す言葉がなくて、ぼんやりしてしまった。

「あ、旦那様ー! お手伝いしてくださるんですかっ⁉」

ちょうどいい頃合いに、コマの声がする。ゴミ捨てから戻って、やる気満々だ。着物や毛に、土の汚れがついているが、気に留める素振りはない。

「いや、あの。ロンさんにお手伝いだなんて……」

ロンの手を煩わせるわけにもいかない。六花は慌てて取り繕おうとするが、ロンは構わず着物の袖を襷掛けにする。

「そうだな。こんなに可愛らしい奥さんばかりを働かせられないからね。僕も、仕事に飽きてしまった」

ロンは、いつも日中を作業部屋で過ごしている。中に入れてくれないので気になっていたが、どうやら仕事をしていたらしい。

「イラストレーターって、知ってる？　書籍やホームページ用に、依頼された絵を描いて、お金をいただくんだ」

意外すぎる職業が飛び出した。

「ロンさん、絵を描いているんですか？」

「うん。切り絵が高じて、絵もいくらか描けるからね」

切り絵？

六花の脳裏に、玄関に飾ってある切り絵がパッと浮かんだ。

「もしかして……あの切り絵はロンさんが作ったんですか？」

宿の玄関に飾ってあるのは、宝船の切り絵だった。見れば見るほど、とても繊細で計算されたデザインだと、毎回感嘆している。

あれをロンが作ったとは思っておらず、六花は目を丸めてしまう。

「高野山《こうやさん》には農地がないから、稲が用意できなくてね。吉祥宝来といって、しめ縄の代わりに切り絵が一年間飾られているんだ。僕は切り絵のデザインや、書籍のイラストを受注して、金銭をいただく仕事をしているんだよ。今は全部、顔をあわず遠隔でやりとりできるから便利だね。六花さん、メールはわかる？」

知らなかった。説明を聞きながら、六花は驚きを隠せない。

「メールはわかりますけど……まさか、宿を経営するための費用って……」

「僕の稼ぎだ。ほとんど注ぎ込んでいるかも」

お客様を無償で宿泊させているので、気になっていた部分だ。まさか、ロンの稼いだお金だったなんて。

「将崇のお店からも、少し物資をわけてもらっているよ。僕だけだと、なにを置けばいいのかわからないからね。ここと違って、将崇のお店には、近所の人からたくさんのお接待が集まってくるそうだから」

「集まってくるんですか？　お接待が？」

お接待が集まるとは、ピンとこない言い回しだ。

要領を得ない六花にも、ロンは穏やかに説明する。

「お接待をしたいけれど、なかなかお遍路さんに声をかけられない人もいるらしい。だから、お遍路さんの出入りが多い交流サロンや休憩所に、食材や物を持ってくる人がいるんだ。将崇のお店には、人間のお遍路さんが休憩に立ち寄るからね」

なるほど。六花にもわかりやすい説明だった。

「間接的にお接待をしたい、ということですね」

歩いているお遍路さんに声をかけるのは抵抗がある。休憩所の運営だって、長く続けようと思えば骨が折れるだろう。だったら、集まる場所に持ち込んで、そこで役立ててほしいと考えるのは、六花にも理解しやすかった。

「六花さん、可愛いよ」

「え」

突然なんの脈絡もなく、流れを切るように言われて、六花は閉口する。一方のロンは、口角をあげてニヤリとしていた。

「そんな、急に言われたって……」

六花は化粧もしていないし、着物だって掃除で汚れている。慌てて髪を整えようとしたら、横髪に落ち葉がついているのに気がついたくらいだ。可愛いわけがない。ロンは、また適当なことを言って、六花が喜ぶと勘違いしているのだろう。

「僕にいろいろ聞いてくれると嬉しいからね。なんだか、君がとても可愛らしく見えてきたんだ」

そういえば、ロンが教えようとする事柄は的外れが多いので、こんな風に会話する機会が少なかった。その様が可愛いかどうかはべつとして、今のロンが適当なことを言っているようには見えなかった。

ロンは他者を理解できないようだが、自分の感情は持っている。独特の感性なので、ズレているだけなのかもしれない。

「可愛いね」

再度口にされて、六花はだんだん顔が熱くなってきた。

ロンは、ますます得意げな表情で腰に手を当てる。澄んだ空の瞳は、鏡のように六花だけを映していた。

「では、次はホースの使い方について教えてあげよう。なんでも聞いてくれ」

けれども、続く言葉にガクッと膝が落ちそうになる。

このタイミングで、どうしてそうなってしまうのだろう。だが、ロンにはまったく悪気はなさそうだ。

「庭に水を撒くために使うんだ。身体に巻きついてしまわないように気をつけるのがコツ。とくに、足元が濡れやすい」

「ホースの使い方なら、わかります」

六花は息をつく。

「人間は次から次へと新しいものを発明するから、覚えるのは大変だと思って……六花さんは、博識だね」

「人間社会では、一般常識なんです」

「じゃあ、これは知っている？　人間の肌は、水仕事や外での仕事で荒れてしまうんだ」

不意にロンは、六花の手をにぎった。

「守ってあげなきゃ」

右手の甲に、軽く唇を当てられる。

六花の肌は荒れている。実家を出てマシになったものの、こんな風に口づけるような手ではない。

「だ、大丈夫です……わ、わたし、軟膏を手作りしているので！」

六花は反射的にロンの手を払った。

会話がズレたと思ったら、急にこんなこと……。

六花はロンに触れられた右手をにぎりしめた。

鵺に語りかけられて、右手が疼いていたけれど、もうなんともなくなっている。きっと、ロンにキスされて驚いたから。

同時に胸の奥からも、言い知れない感情がわきあがってくる。

もやもやするような……でも、温かくて、甘くて、胸を締めつける不思議な痛さだった。

4

ケイさんが再び宿を訪れたのは、翌日だった。

真っ白だった装束は少しだけシワができているものの、まだ新しさが目立つ。一方で金剛杖は、早くも削れて尖端が丸くなりはじめていた。

「いらっしゃいませ」

六花は玄関でお出迎えして、頭をさげる。

「こんにちは。食堂へ通してもらってもいいですか？」

「はい。かしこまりました」

ケイさんは、また休憩がしたいようだ。今日も昼間に訪れ、食堂への案内を頼む。お昼時には、少し遅い時間。ちょうど、将崇の食堂から人間のお客様が帰るころなので、タイミングがよかった。

「昨日より、お庭が綺麗になっていますね」

廊下を歩きながら、ケイさんがつぶやいた。

「みんなでお掃除したんです」

「建物の中は掃除が行き届いているのに、お庭が気になっていたんです」

そう言われると、もっと早くに掃除しておけばと後悔するものの、やってよかったとも思った。これからはしっかり管理して、維持していこうと心に決める。

「美しくて、見応えのある庭になりましたね。また来てよかったです」

ぽろりと漏れるような言葉に、六花は目を見開く。

ケイさんは優しげに笑っていた。

六花も、ケイさんに笑みを返してくれる。


食堂へ入ると、今日もカウンターに麻生京の姿があった。

あいかわらず、お酒を飲みながらだが、タブレット端末をいじっている。真剣な表情で、ずいぶん集中しているようだ。そういえば、起業したいと言っていた。

「京さん」

ケイさんが声をかける。

すると、京はビクッと肩を震わせた。

「あーーーー！　もうーー！」

京はタブレットから顔をあげ、頭を抱えはじめた。なにか重大なミスがあったかのような素振りだ。ケイさんも六花も、慌ててしまう。

「ど、どうされまし――」

「連鎖が途切れたー！　スコア出んー！　悔しいー！」

京の持っていたタブレット端末をのぞき込むと……パズルゲームの画面だった。

「気にするな。いつものことだぞ」

将崇が冷ややかに言いながら、ため息をついている。六花も苦笑いするしかなかった。

「あれ。ケイさんやん。お久しぶり」

一通り嘆き終えたところで、京はようやくケイさんに気づいた。

「昨日会ったばかりですよ」

ややズレた京のあいさつにも、ケイさんは笑って応える。

「ほうやっけ？　まあええやん。お酒飲む？」

京はあいかわらずの態度で、ケイさんにお酒の瓶を見せた。ラベルに、雀のシルエットが描かれている、雪雀《ゆきすずめ》酒造の「宵《よ》い媛《ひめ》」だ。

「歩き遍路に酒を勧めるな」

将崇が、ジト目になりながら、お酒の瓶をさげようとする。が、京は抵抗して瓶を抱え込む。

お遍路さんはお接待を断れないが、さすがに飲酒はやめたほうがいいだろう。

「お酒は身体を壊しますよ」

そんな攻防を見て、ケイさんがつぶやいた。声のトーンが思いのほか真剣だったので、ふざけていた京の動きも止まる。その隙に、将崇がお酒の瓶を、ヒョイッととりあげてしまう。

「……今日は、やめとこうわい」

京は、ばつが悪そうに、ケイさんから視線をそらした。とても気まずい空気が流れて、六花はどうしようか考えを巡らせる。

「そういえば、ケイさん」

不意に六花はケイさんの菅笠に視線を向ける。

「菅笠に柿渋《かきしぶ》を塗るといいですよ」

ケイさんの持っている荷物は、どれも新品だ。頭に被る菅笠も、真新しくてほとんど汚れがついていない。

菅笠は日除けはもちろん、雨具としても活用できる。菅笠と合羽《かっぱ》があれば、傘を差さずに済む場合も多い。お遍路さんの必需品だ。

「柿渋は防水効果がある塗料なんです。塗っておくと、雨の日に役立ちます」

また、防虫、防腐効果も期待できるため、菅笠が長持ちしやすくなる。雨水を弾くうえに、通気性も保たれるため、塗っておいて損はないだろう。

「うちのを使えばいい。無臭タイプだから、ここで塗ってしまおう」

将崇が店の奥からボトルを出してくる。ホームセンターの購入シールが貼ってある新しめの柿渋だった。作業に必要なハケと新聞紙もある。

「これは助かります。ありがとうございます」

ケイさんは将崇に納札を渡し、柿渋を受けとる。先々のことを考えると、ここで作業したほうがいいだろう。六花は新聞紙を広げて準備した。

「うちも手伝おうわい。これでも、美術三やったんよ」

京も席から立ちあがって、ハケを手にした。シャキーンと、ポーズまで決めている。

「五段階評価の三だろ」

将崇が冷めた目を向けながら、窓を開けて換気する。

六花たちは手早く作業を開始した。ケイさんが押さえて、京がハケを使って菅笠に柿渋を塗っていく。

柿渋は強烈な臭いを放つものだが、将崇が購入していたのは無臭タイプだ。換気をしていれば、あまり臭いは気にならない。

だが、途中で京の手が止まる。

「これ、乾くの時間かかるんやないの？」

京がいまさらつぶやく。

完全に失念していたようだが、六花と将崇は大した問題ではないと思った。

「以前にも、べつのお遍路さんに柿渋を提供しました。そのときは、将崇さんが大きな乾燥機に化けたんです」

すぐに乾くので大丈夫だ。将崇も、力強くうなずいていた。しかし、ケイさんが軽く首をふる。

「お手を煩わせる必要はありません」

ケイさんはやわらかく笑って右手をあげる。

「私は時計の付喪神です。ささやかな特技があります」

言いながら、ケイさんが右手を菅笠にかざす。

すると、ほどなくして菅笠の色が変わりはじめた。塗った柿渋が乾き、馴染んできている。

「やっぱ。妖や神様って、なんでもできるんやね」

京が驚いて目を丸めている。

六花もこれには感嘆の声を漏らした。将崇が乾かすよりも、ずっと早い。

「なんでもは無理です。自分以外の対象の時間を少しばかり早めたり、遅らせたりできるだけです。戻すことは無理です。大きさも、この菅笠程度が限界ですよ。付喪神とは言いますが、神ほどの力はないんです」

便利な力だが、制限がかかるようだ。

「なんだぁ……そんな力があれば、いつまでも若いお肌でアンチエイジングできると思ったんやけどなー。でも、カップラーメンが秒で食べれるのは便利かも！」

京が息をつき、乾いた菅笠に再び柿渋を塗る。

「人間にも使えたら、どれほどよかったことか。肝心なときに役に立たない」

ケイさんの声は小さかった。

胸中を吐露するような言葉に、六花は引っかかりを覚える。

時計であるケイさんは、もうすぐ壊れて止まってしまう。嘆くなら、この能力を自分に対して使えないことだと思うのだが……そういえば、彼は自分のためではなく、持ち主のために四国遍路をはじめたと、最初に語っていた。

しかし、やはりこの場で聞くのは憚れる。

「ケイさんは、今、どの辺りを歩いているんですか？」

六花はべつの質問をすることにした。なにも言わずに作業するよりも空気が和むし、単純に歩き遍路について知りたい。実際に歩いているお遍路さんの話は、接客にも役立つはずだ。

「今は、十番札所の切幡寺《きりはたじ》にいます。人の道と、妖の道は少し違うのですが、おおむね順調ですよ」

「徳島県ですね」

「まだまだ序盤ですがね……キリのいい数字で、なにか決まったことをしておきたくて、また寄らせてもらいました」

たしかに、十番はキリがいい。

ケイさんは時計の付喪神なので、数にこだわっているようだ。

「妖の道は、どんな場所を通るんですか?」

「住宅街や大きな道路など、人がいるところを避ける道が多いですよ。迂回《うかい》して、山道を進むことも」

「ただでさえ大変なのに」

「人前で変化が解けて姿を曝《さら》してしまう危険がありますから。私は付喪神なので、姿を消しながら進めますが、道中は長いので、疲れて気を抜きたい瞬間もあるでしょう」

なるほど。妖たちは各々、人間に溶け込んで歩いている。彼らが歩きやすいように見つけられた遍路道というわけだ。とはいえ、ケイさんの見目なら、人間の前に出ても大丈夫だと思うが。

「こんなところで大丈夫でしょうか?」

話している間に、柿渋が乾く。何度か塗り重ねたので、菅笠は深みのある飴色に変わっていた。ニスで仕上げたので、つやつやしている。

ケイさんは満足げに、完成した菅笠を被ってみせた。

「結構、ええんやない?」

京が笑って親指を立てる。ケイさんも、はにかみながら親指を立てて返した。

「これで雨が降っても大丈夫ですね」

菅笠を被ったまま、ケイさんは荷物をまとめる。それなりに長居したので、出発したい頃合いだろう。将崇と六花も、広げた新聞とハケを片づけた。

ケイさんは荷物を背負って立ちあがる。お寺で必要なものは、肩から提げた「さんや袋」に入っているが、その他の荷物は、大きなリュックサックだ。妖によっては軽装でも平気だが、ケイさんは人間に近い装備をしている。

「また来ます。次は……二十番札所の辺りで。だいたい五日後でしょうか」

獣の姿になったり、山を飛び越えたりできる妖も多いようだが、ケイさんが十番札所まで辿りついた時間を考えるに、人間と同じ速度だろう。五日後は妥当な見立てだった。

「はい。お待ちしております」

六花は微笑みながら頭をさげる。

「じゃあ、うちもそのころに、来れたら来ようわい」

京も軽く手をふってくれた。なんだかんだ、ケイさんが気に入っているようだ。

「宿の門までご案内しますね」

六花は出立するケイさんを見送った。

予告どおり、ケイさんは五日後に訪れた。

旅路は順調で、柿渋を塗った菅笠も活躍したようだ。真っ白だった白衣が、少しばかり黒ずんでいる。

「近ごろでは、人間は観光目的でもお遍路参りをすると聞いていたのですが、なかなか急な坂道が多いですね」

笑いながら、ケイさんは二十番札所・鶴林寺《かくりんじ》について話してくれた。通称、「お鶴さん」と、地元では親しまれている。山門には仁王像ではなく、鶴の彫刻が鎮座しているらしい。

六花は話を聞いて、相鎚《あいづち》を打つ。

「鶴林寺の参道は、〝へんろころがし〟と呼ばれる難所と聞きました」

山門まで、なんと四キロの道のりがある。鶴林寺山の山頂近くにあり、急勾配《きゅうこうばい》の坂道は、阿波の難所の一つと言われていた。

宿に置いてある地図や、各寺の説明は読み込んでいるものの、六花は実際にお寺まで行っていない。気になる何ヶ所かは、門を通じて行ってみたけれども、まだすべてを回れていなかった。

「さすがに疲れましたね。太龍寺《たいりゅうじ》を目指す前に、休憩しにきました」

鶴林寺のあとは、二十一番札所の太龍寺である。いったん、鶴林寺山を麓までおりて、太龍寺山を山頂近くまで登らなくてはいけない。

鶴林寺から太龍寺へと続く遍路道は、国の史跡に指定され、昔のままの道が残されている。ロープウェイもあるのだが、ケイさんは歩くつもりだった。

ケイさんは爽やかに笑いながら、食堂のカウンターに座る。

「今日は食べていったら？」

カウンターの隅にいた京が、ケイさんに声をかける。

ケイさんがここへ来るのは三度目だが、たしかに食事をしたことがない。

「将崇にまかせといたら、それっぽいの出してくれるけん」

京はケイさんの返事を待たずに、「将崇、よろ！」とカウンターからキッチンに声をかけた。作業中だった将崇は、「待ってろ」とうなずく。

ケイさんに異論はなかったらしい。そのままカウンターの席に座って、キッチンをながめはじめた。

午後二時を過ぎているので、人間のお客様はみんな帰った頃合いだ。食堂の暖簾もしまわれていた。

ただ、休憩したいお遍路さんのために、食堂の軒下にはベンチが設けられており、お接待用の蜜柑やお菓子も、常に置いてあった。食事をしたい人がいたら、都度、お店に入れているそうだ。

六花の実家では、お遍路さんにお接待する習慣はなかった。少なくとも、六花の前で両親が、なにかしていたところを見たことがない。六花が個人的に、困っている人に道案内したことがある程度だ。家の位置も遍路道から外れた場所だったので、仕方がないかもしれないが……こうして、宿や食堂で過ごしていると、べつの文化圏に来た気分だ。

「待たせたな」

ケイさんの前に、将崇が膳を置く。やはり、注文を聞かずに提供するスタイルは変わらない。しかし、いつも相手が求めるものが出てくるので不思議だ。

「これは……？　雑炊ですか？」

料理を見て、ケイさんが首を傾げている。六花ものぞき込んでみた。

たしかに雑炊に似ているが、出汁が澄んでいて、卵とじにはなっていない。具は山菜や鶏肉、椎茸、根野菜のようだ。

「そば米雑炊だぞ」

メニュー名を聞いてからよく見ると、沈んでいる穀物は米ではない。そばを粉にせず、実のまま塩ゆでしたものだ。

「徳島県祖谷《いや》の郷土料理だ。そばには、米の倍以上のビタミンが含まれているからな。疲労回復効果が期待できる」

将崇が説明してくれたので、六花は「なるほど」と、うなずいた。

「つまり、将崇さんは、阿波の難所に挑んでいるケイさんを気遣ってくれたんですね。さすがです。しかも、ケイさんがいる徳島県のお料理です。素晴らしいと思います」

六花が素直な言葉を口にすると、将崇の顔がどんどん赤くなっていく。

「だ、だからッ！　あんまりそういうこと言うな！　嬉しくなんかないんだからな！」

と、言いながら、将崇は六花の前に小皿を出した。ケイさんと同じそば米雑炊を一口分、取りわけたようだ。きっと、最初から食べさせてくれるつもりだったのだろう。

「よろしいんですか？」

「さっさと食べないと片づけるんだからな！」

早くしろとばかりに言い捨てられたので、六花は遠慮なく小皿をいただいた。

出汁は鶏の旨味が効いていて、これだけでも飲めてしまいそうだ。塩気が強いのは、ケイさんの疲労状態にあわせているからだろう。プチプチとした食感のそばが面白い。

「うちもー！」

「残り物しかないんだからな！」

京が右手をブンブンふる。すると、将崇は時間を置かずに、京の前にも膳を出した。おそらく、こちらも用意されていたものだ。

「さすが、無駄ツンデレ。さんきゅ」

京もそば米雑炊を食べはじめた。

自分のお膳を食べ終えて、ケイさんが「ごちそうさまでした」と、手をあわせる。見目は外国人のようだが、しっかりと日本の文化を身につけていた。きっと、ケイさんの持ち主は礼儀正しくて、立派な人なのだろうと想像する。

「同じ四国でも、食文化が違っていて面白いですね。私はオランダの職人に製造されて、日本で買われたあとは、ずっと高知県でした。他の場所について、あまり知らないのです」

感嘆の声を漏らすケイさんに、六花も同意する。四国は地続きだが、各々にべつの文化を形成していた。食文化だけではなく、人の気質や街並みにも出ている。気候や地形、歴史がそれぞれに異なる四県なのだ。

「ケイさんは、ほとんど人間の姿しとるけん、お店にも入ってみたらええんやない？　刑部の料理も美味しいけど、やっぱ、地元の人が作る味ってあるやん？」

京が提案しながら、出汁をすする。

だが、ケイさんは困ったように眉をさげた。

「それも面白いのですが、人間のお店は怖い気がしまして。一人では、なかなか入りにくい雰囲気ではありませんか？」

その気持ちは、六花も理解できる。飲食店に一人で入るのは、気が引けた。たとえ、お遍路さんの格好をしていても、心理的なハードルが高い。

「そんなことないと思うんやけど」

京はつぶやきながら、タブレット端末をタップしはじめる。食べながらなので行儀が悪いが、誰も咎《とが》めなかった。

「ほら、『お遍路　ランチ　おすすめ』で検索したら、それなりに出てきたんやけど。こういう店に入ってみたら、たいてい、おひとり様でも平気やん?」

京はタブレット端末の画面をケイさんに示す。

ケイさんは興味深そうにのぞき込んだ。

「便利ですね」

「使ったことないん?」

「主は機械に疎かったので……」

付喪神のケイさんにとって、持ち主の周囲が世界だった。

「出かけたりせんかったん?」

「今までは、必要以上にこの姿にはなりませんでしたから。静かに、主との時間を過ごしておりました」

「こうやって、自由に外も出られるのに?」

「ええ。出かけることは、私の望みではありませんでしたから」

京の質問に答えるケイさんの表情は穏やかだった。

それなのに、一抹の寂しさが見てとれる。どうしてそんな顔をするのか、六花には問う言葉がなかった。

「引きこもりってやつかー？」

京は軽く言いながら、頬杖をついた。口調は変わらないのに、無責任な軽率さはない。おそらく、ケイさんの表情から、六花と同じものを読みとっているのだろう。

「大事な人なんやね。主さん」

京はポツンとこぼしながら、タブレット端末に指を滑らせてスワイプする。そして、京はケイさんの持つ地図に、サラサラとお店の情報をメモしてあげた。

「はい。掛け替えのない存在です」

返答するケイさんの表情は、今までに見たことがないくらい誇らしげだった。

「今の主は幼少の疾患が影響して足を悪くしており、大半を車椅子で過ごしています。それでも、近くに四国霊場のお寺もあった影響か、お遍路さんについては詳しかったようです。主は……歩いてみたかったのだと思います」

自動車で巡る車遍路も一般的だが、四国遍路はとにかく時間と体力を使う。駐車場からお寺まで距離があるケースも多く、長い階段や坂道もある。バリアフリーとは程遠い。

世の中には、やりたいことがあっても、ままならない人だっているのだ。

「では、腹ごなしもしましたので……」

ケイさんは立ちあがった。

「また三十番札所の辺りで来ます。二十九番札所の国分寺《こくぶんじ》付近は、私もよく知っているので、選んでもらったお店も、がんばって入ってみますね」

ケイさんは、京がメモした地図を見せながら笑う。

「うん。また感想教えてや」

京はケイさんの笑みに応えてうなずいた。

「うちも、また来ようわい。待っとるけんね」

いつも京は、「来れたら来ようわい」と言っている。

だが、今回ははっきりと、待っていると約束するのだった。

5

その後、ケイさんは順調に遍路道を進んだ。

三十番、四十番、五十番……十番置きに、ケイさんは宿を訪れ、食堂で雑談をしていった。六花の呪いも、徐々に数字を減らして「百一」となっている。時間の経過は、あっと言う間だ。

六花は、まだケイさんに死ぬのが怖くないのか聞けていない。けれども、一緒に過ごすうちに、聞けなくてもいい気がしていた。

話の端々から、ケイさんが持ち主を大事にしているのは伝わったし、四国遍路への想いも強いとわかったからだ。きっと、時計が壊れて、付喪神としての生を終えることになったとしても、ケイさんは後悔しない。そう確信した。

そして、ケイさんが訪れる日には、決まって京の姿もあった。

インターネットで情報を調べたり、日常の雑談をしたり、日によって様々だったが、一緒にケイさんの旅路を見守っている。

「京さんも、歩いてはいかがですか？」

七十番札所、香川県の本山寺《もとやまじ》に到達したとき、ケイさんは何気なく笑った。京が「最近運動不足で太ったんよ」と、こぼしたからだ。

「無理無理。一日で動けんなるわ。大した目標もないし～」

京は、両手でバツを作りながら首をふった。

「目標なら、あるではないですか」

「なんやっけ？」

「恋人が欲しいと、いつも言っているでしょう？　きっと、痩せますよ」

「いや、たしかに痩せそうやけど、さすがに彼氏欲しいですって、八十八ヶ所おねがいして回るのも、仏様が迷惑するんやないん？」

ケイさんと京は、ずいぶん親しくなった。本当に楽しそうに話している姿を見ると、六花も心が和む。

将崇が仕込みをするのを見学しながら、六花は二人の会話を聞いていた。

「子孫繁栄は、立派なねがいですよ」

「そう言われてみれば、まあ……？」

最初は否定していたが、京が少しずつ流されはじめる。

「もしも、四国遍路をはじめるなら」

悩む京に、ケイさんは自分が持っていた菅笠を差し出す。京は不思議そうに、ケイさんの菅笠を見つめていた。

「もらってくれますか？」

「うちが？」

なんで？　と、言いたげに、京は首を傾げていた。

「私はじきに消えてしまいますが……京さんの旅に同行したいから」

お遍路さんの菅笠には、「同行二人」という文字が書かれている。

これは、一人は自分、もう一人は弘法大師空海を示した言葉だ。道のりは一人でも、常に弘法大師がついているという意味である。

「私も、一緒に行かせてください。消えたあとでも、誰かに覚えていてほしいのです」

消えてしまっても、心は菅笠とともにある。

ケイさんと過ごした記憶は、京や六花に残るだろう。菅笠を被るたびに、思い出してほしい。そんなケイさんの想いが伝わってきた。

しかし、六花には解《げ》せない。

ケイさんは誰よりも、時計の持ち主を想っている。ずっと一緒にいたと、自分で言っていたはずだ。たとえケイさんが壊れたとしても、時計の持ち主は覚えていてくれるはずだ。

六花の脳裏に、主のために四国遍路をはじめたと言ったときのケイさんの顔が浮かぶ。

もしかして、ケイさんの持ち主は――。

けれども、それらはすべて六花の憶測だ。安易に口にしてはいけない。ケイさんは、これまで詳しい事情を語っていないのだ。誰にも言いたくないのかもしれない。

「…………」

京は菅笠に目を落とし、しばらく黙っていた。

聞いている六花まで、不安を覚えるような沈黙だ。

「ケイさんは時計やろ……帽子なんかじゃないんよ……」

か細い声だった。

いつもの明るくて元気で、ちょっとズボラな京らしくない。弱々しくて、震えそうになるのを必死で耐えているかのようだった。

「なぁんて……」

　けれども、京はすぐに声のトーンを明るくした。

「うん、ええよ～。代わりに、ケイさんも一ヶ所くらい、うちにも彼氏できますようにってお願いしといてや」

　くるっと変化した表情に、ケイさんは一瞬、困惑していたが、すぐにクスリとしながらうなずく。

「わかりました。京さんが幸せになるように、次のお寺でお祈りします」

　ケイさんは荷物を持って、カウンター席から立ちあがる。

「では、次は四日後に八十番札所で。また会いましょう」

　いつものように、十番先の札所を指定して、ケイさんは旅に戻る。

「うん。がんばって～」

　京は手をふってケイさんを送り出した。六花も通常どおりに、ケイさんを玄関までお見送りする。

　けれども、どこか胸に陰を残すお見送りであった。

「ねえ、赤蔵ちゃん」

　ケイさんを見送って食堂へ戻ると、京がポツンと六花を呼んだ。

珍しく、悩ましげにため息をついている。視線は食堂内なのに、どこか遠い場所を思い浮かべているかのようだ。

「ケイさん、いつ消えるんやろ……」

さきほどのことが思い出された。

わざわざ、自分が消えたときの話をするなんて。

単にもうすぐ四国遍路の旅が終わるからとも考えられるが……胸騒ぎがする。そして、それは京も同じようだった。

ちょうど、将崇がバックヤードに食材をとりに行っているタイミングで、店には京と六花の二人きりだ。

「ケイさんのこと、気になりますよね……」

六花だって、彼が気がかりだ。もうすぐ時計が壊れるという話だが、リミットがいつなのか不明である。そもそも、本当なのか確認のしようがなかった。

ロンから聞いた。付喪神は基本的に、その物から離れたくないらしい。それがこうして四国遍路をしているのだから、よほどの決意だろう、と。

「あ、いやね。気になるって言ってもさ？」

しばらくすると、京はなぜか恥ずかしそうにしながら、六花から目をそらした。

「べつに、そういうんじゃないんよ？　妖や神様の恋人なんて、友達の恋バナだけで充分やけん」

聞いてもいないのに勝手に否定しはじめて、京の挙動がおかしい。

「京さん」

「いや、だから……」

六花がじっと見つめると、京はタブレット端末で顔を隠してしまった。

「今日の京さん、可愛いと思います」

すると、京はポカンとした顔で、タブレット端末をさげる。

「か、可愛い？　うちが……？」

「はい。とても」

京は六花の言葉を呑み込めていないようだった。しかし、じわりじわりと、頬が桃色に変じていく。潤んだ瞳がいじらしくて、いつもよりも艶があった。

同性の六花が見ても、可愛いと思える。

「可愛い、かぁー？」

京は脱力したようにつぶやくと、カウンターに伏せてしまう。軽い調子なのに、ふざけ切れていない。恥ずかしさを誤魔化すような素振りであった。

「次にケイさんが来るとき、なにか手渡してみてはどうでしょうか」

お遍路さんへのお接待……ではなく、京の気持ちとして。

「お菓子でも、手紙でも。きっと、ケイさんは喜んでくれると思います」

「そういうのは、ガラやないんよ……」

京は複雑そうな表情で、短い髪をくしゃりとつかんで頭を抱える。

「……考えとこうわい」

「いいえ、今から動きましょう」

保留にしようとする京の手を、六花はにぎった。

「ケイさんが次にいらっしゃるのは、八十番札所ですよ」

四国遍路は全部で八十八ヶ所だ。ケイさんは次の休憩を終えたら、もう来ないかもしれない。少なくとも、そのあと八ヶ所で四国遍路の道のりは終わる。いつ壊れてしまうか定かではないケイさんが、二周目のお遍路をするとは限らなかった。

六花は京の手を引く。

「来てください」

強引さは承知しながら、六花は京を連れて食堂から出ていく。引き戸の向こうは、〝道しるべ〟に繋がっていた。

「わ……こっち来たの初めて」

京は戸惑いながらも、六花に連れられて歩く。

六花はまっすぐに廊下を進んだ。お客様の利用数に比して広すぎる宿の廊下は、いつもよりも長く感じられた。

ここでなにもしなければ、後悔する。

そんな確信があった。

「ロンさん」

六花が向かったのは、宿の隅に位置する一室だった。もとは客室だったらしいが、今はロンが作業部屋に使っている。

入るのは初めてだ。

扉を開くとジメッとした空気が流れ出る。埃が舞い、スナック菓子とコーヒーの匂いも鼻についた。

大きめのデスクトップパソコンの前に、ロンが座っている。イラストレーターをしていると言っていたが、手元には液晶ペンタブレットが備えつけられていて、思っていたよりも現代的な仕事環境だった。

「え、六花さん……この部屋は掃除しなくていいって言ったよね⁉」

ロンがふり返りながら、珍しく慌てている。指先でつまんだスナック菓子が割れて床に落ちてしまう。

「京さんに切り絵を教えていただけないでしょうか」

狼狽するロンに構わず、六花は要求を述べた。ロンも京も、これには驚きの声をあげてしまう。

六花は深々と頭をさげた。

「教えてもいいけど、なんの意味があるの?」

ロンの質問はもっともだった。

高野山に飾る開運の切り絵はしめ縄の代わりだ。春が近くなろうとしている時分に作っても、あまり意味はないだろう。

「残り少ないかもしれませんが、ケイさんの旅が無事に終わるように祈願したいんです」

時季外れの切り絵よりも、お寺を参拝でもするほうが効果があるかもしれない。けれども、これは京のためでもあると六花は考えていた。

ケイさんが消えてしまったら……ケイさんのためになにもできなかった事実が遺《のこ》る。そうなるよりは、微力でも、なにか行動したほうがいい。

気持ちに整理をつける。

「無意味だと思うけど。切り絵にそんな効果はないし……第一、残りわずかとはいえ、彼はお遍路として歩くんだよ。切り絵なんて邪魔な荷物じゃないか? シワシワに畳んで持ち歩けって言うの?」

ロンの意見は正論だった。六花は思いつきをこじつけただけだ。

六花はなにも言えず、視線をさげる。

なにもかも、無駄なのだろうか。

「べ、べつにええんよ……ロンさんも困っとるやろ。うち、切り絵なんてガラじゃないしさぁ……」

京が苦笑いしながら頭を掻いた。けれども、その表情に寂しさが含まれている気がして、六花はやりきれない。

なにか、ほかの提案をしないと……六花は必死に考える。

「……でも、花嫁が僕を頼ってくれるのは気分がいい」

こぼすように、ロンがつぶやいた。

「栞《しおり》はいかがかな？」

六花はパッと顔をあげる。

「栞なら、持ち歩きの負担にならないよ。ラミネート加工してみようか。ケイさんは紙の本で地図を持っているから役にも立つだろうし」

ブツブツと言いながら、ロンは工作セットを棚から取り出す。その間に、堆《うずたか》く積まれた本の山が崩れたが、ロンはあまり頓着《とんちゃく》していなかった。

「どうかな？」

画用紙とカッターを差し出されて、六花は表情を明るくした。

京は頬を赤くしながら、口を閉ざしている。

「ロンさん……ありがとうございます！」

「感謝されるのは悪い気がしないし、六花さんの可愛らしい顔が見られるからね。やるだけ無駄だと思うが、やりたいならどうぞ。人間は〝気持ち〟が大事のようだ。手伝ってあげるよ」

ところどころ引っかかるものの、とにかくよかった。

京はうつむいていたが、やがて口を開く。

「うちも、あんま意味ないと思うけど……」

気がのらないと意思表示しつつも、京は手を持ちあげる。

「やってみようわい」

ひかえめな動作で、画用紙とカッターを受けとった。

＊　＊　＊

結婚相手は、「普通の男性」がいい。
麻生京の婚活条件は、決して高いものではなかった。と、京自身は思っている。性格も清潔感があれば、顔はイケメンでなくてもいい。一般常識が備わっているなら、お姑《しゅうとめ》さ
多少のことは目を瞑《つむ》るつもり。できれば大卒で、身長百七十センチ以上がいい。

んからの干渉は最低限がいいので、長男は駄目だ。専業主婦希望だが、家事育児を分担してくれるなら、共働きでも構わない。

べつに年収一千万とか無茶を言っているわけではないのに、京の婚活は敗北し続けていた。それを友達に愚痴ると、「普通の男性の基準が高い」とかなんとか言われる始末だ。

だって……婚活やし。

京も恋愛がしてみたい。恋人と一緒に過ごす友達の話を聞いて、うらやましかった。けれども、京は物心ついてから一度も、異性を好きになったことがない。

理屈では説明できないような感情、理性を失うような激しい情熱か、甘酸《あまず》っぱくはじける青春……想像はしているけれど、どれも経験がなかった。

恋愛に興味がないわけではない。京は常に恋愛がしたいだけだ。なのに、運命の人は目の前に現れなかった。

婚活をしていたら、心を動かされるかもしれない。そんな淡い期待があった。でも、最初から恋をしているわけではないから、条件で選ぶのが妥当だと思っていて……恋をしないまま結婚するかもしれない相手だ。少しでも共同生活を送りやすいほうがいいではないか。そう言うと、友達はみんな「婚活なんてしなくてもいいのに」と苦笑いする。

わかっとらん。みんな、わかっとらんのよ。

京はいつも疎外感があった。仲のいい友達の多くは、すでに結婚したり、恋人がいたりする。ちょっと普通ではないかもしれないが、みんな恋をしていた。

京だけが仲間はずれ。

焦るやろ、普通？


――今日の京さん、可愛いと思います。


不意に言ったのは、赤蔵六花さん。妖御用達の胡散臭い、いや、不思議な遍路宿で働く女の子だ。なにやらワケアリだが、大人しくて真面目ないい子だった。

年下の女の子に、いきなり「可愛い」なんて言われて、京は面食らう。

ケイさんのことなんて、考えとらんのに。

あれ？　なんでケイさんが出てきたん？

京は自分で自分の思考に混乱してしまう。お酒を飲んでいないのに、顔の表面が熱くなってくる。むずむずと、胸の下が居心地悪くて、今すぐあそこから逃げてしまいたかった。

ケイさん。時計のケイさん。付喪神だというから神様かと思ったら、妖らしい。外国人みたいな見目で、ありていに言えばイケメンだと思う。しかしながら、妖だ。京の恋愛対象には入らない。

将崇のような妖の友達もいるけれど、相手はやはり人間がよかった。だって……大変なのが目に見えているからだ。

京には霊感はないが、将崇から妖と話せるお札をもらっている。ときどき、手が足りないときに給仕を頼まれるためだ。だから、ケイさんが妖だというのは、最初からわかっていた……なのに気がついたら、彼が来る日を選んでここにいた。

はじめは、ただの興味だ。はっきり言うと、イケメンにお近づきしてみたかった。けれども、ケイさんがもうすぐ消えると聞いてから、心のどこかで気になる存在になってしまう。

何度も、「時計、直せんの？」とか「消えなくてもいい方法はないいん？」とか聞きそうになったが、黙って関心の薄いふりをし続けていた。

第一、そんな方法があったら、将崇がなにか助言する。将崇は高校からの同級生だが、それなりに強い狸らしい。京は今まで、妖の相談にのる将崇を何度か見てきた。

だから、どうにもならないのは、なんとなく理解している。

――私はじきに消えてしまいますが……京さんの旅に同行したいから。

菅笠なんていらない。

ケイさんが消えてなくならないほうが嬉しい。

京には素直な気持ちが浮かんできたのに、ケイさんに伝えられなかった。一線を引いて接しようとつとめていたはずが……どうして、ケイさんは京なんかに菅笠をもらってほしいのだろう。六花のほうが、何倍もケイさんの話を親身に聞いて、関わろうとしていたのに。

なんで。

あんなん言われたら……気にするやん。

京が初めて自覚した感情は、想像していたものよりも、ずっと静かで地味で、甘くなくて……嫌な気持ちになる。

これが恋だとしたら――こんなものに、今まで焦がれていたのだろうか。

「…………」

京は将崇の食堂をあとにしながら、ポケットに入ったものを取り出した。

六花に勧められるまま作った栞だ。ロンはお釈迦様やお寺をモチーフにするのはどうかと提案したけれど、そんなのむずかしそうだったのでパスした。

黒い画用紙のうしろに、色画用紙を貼りつけた切り絵。そこに浮かんでいる絵柄は、蓮の花だった。

赤い蓮は、紅蓮華《ぐれんげ》というらしい。仏教では救済の意味がある花だと、ロンから教えてもらった。意味はどうでもいいが、綺麗な絵柄だと思う。カッターで絵をなぞるのは骨が折れたが、そこそこ上手にできた。

最初は乗り気ではなかったのに、できあがった栞を見ていると、少し誇らしい。使ってくれるケイさんを想像して、自然と口元が緩んだ。

ガラやないんやけどなぁ……。

京は首もとを手でなでながら、家路につく。

足どりが軽い気がした。

6

朝霧の晴れぬ宿の庭。

「いってらっしゃいませ」

宿泊していた猫又を見送って、六花は頭をさげた。

四国遍路の道は平坦ではなく、険しい山道も多い。昼食を調達する場所もないことがあるため、〝道しるべ〟では、将崇のお弁当を用意していた。おにぎりと香の物というシンプルな組みあわせだが、大変喜ばれる。

もっとも、妖は人間と同じような食事を必要としない者も多い。飲まず食わずというわけにはいかないが、数日食べなくても平気だ。そもそも、〝道しるべ〟の門を呼ぶ鈴を持っているので、いつでも休憩できるわけだが、あまり活用されない。宿は気が向いたら、たまにくつろぎに来る程度の場所だった。

人間のお遍路さんにこそ、こんな便利な宿が必要なのに……しかし、六花は鈴から聞こえる呼び声を思い出す。あれでは、普通の人間は心霊現象だと怯える。それに、忽然と現れる門の存在も異様だ。

ロンは当初、宿を人間向けに開いていたらしい。今でも、そのうち人間にも来てほしいと言っている。いろいろとハードルが高いように思えた。

鈴の声はロンのささやきに似ている。六花が宿に来たときも、あの声に呼ばれたけれど……六花は鈴を持っていなかった。コマは魂のありどころがあいまいだったからではないかと言っていたが、腑《ふ》に落ちないところがある。

六花は赤蔵ヶ池から、岩屋寺に向けて歩いているところを助けてもらった。しかし、赤蔵ヶ池から岩屋寺までは短く見積もっても徒歩三時間はかかる。あのときは感覚が麻痺していたとはいえ、そんなに歩いた気がしなかった。

まるで、いつの間にか移動させられていたかのような……。

六花は右手を見おろす。

赤蔵家では必要とされない、神の力を借《か》る術。一度だけ、ロンの力を借りてお茶碗を動かした。あれきり、六花はなんの力も発揮できていない。ときどき、物に向かって念じてもピクリともしなかった。

きっと、神様の力を借りなければいけないのだ。けれども、その術をどうやって磨けばいいのか、わからなかった。

またロンの手を借りなければならないのだろうか。

できれば、自分一人で力を使いたい。

そして、赤蔵の家に――。

「ごめんください」

〝道しるべ〟の門を潜るお客様がいた。

六花は背筋を正して、門から歩いてくるお客様を出迎える。お遍路さんは早朝から歩くので、こんな時間に宿へ入る方がいるなんて珍しい。

「いらっしゃいませ」

六花は朝靄の向こうから浮き出るお遍路さんの顔を見た。今日は一段と視界が悪い。

「あ……ケイさん？」

訪れていたのは、ケイさんであった。見込みよりも一日早い到着、しかも早朝だ。

六花は不思議に思いながらも、笑いかける。

「今日は、どうかされましたか？」

もしかすると、怪我でもして休憩したいのかもしれない。少し前に、そういうお客様が訪れたことがある。

「お別れを言いにきただけなんです」

「え？」

ケイさんは寂しげに微笑した。

自分が消えてしまうと言ったときですら、平然としていたのに。彼がこんな顔をするなんて、六花は知らなかった。

「さきほど、主が息を引き取りました」

悲痛そうな表情なのに、声の調子は変わらない。

六花が目を見開くと、ケイさんは菅笠を脱いで両手に持った。砂色の髪がサラサラと肩に落ちる。

「病気が悪化しまして。今回のお遍路参りは、主の快癒祈願のためでしたが……間にあわなかったようです」

ケイさんの四国遍路の目的が病気の快癒祈願だったなんて、六花は今初めて知った。

しかし、どこかで察しもついていた……。

妖は妖力を高めるために四国遍路をする。だが、人間と同じように、ねがいを込めてお参りする者だっているのだ。

ケイさんのねがいは、叶わなかった。

「私が消えてしまう前に、主にできることをと考えました。しかし、先に限界が来たのは私ではなかったようです」

ケイさんの顔に影が落ちる。

「あの……」

なんと声をかければいいのか、わからない。六花はとにかく口を開いたが、続きが出てこなかった。

「ケイさんはお遍路参り、やめてしまうんですか……?」

やっと言えたのが、これか。六花は、自分にひどく失望した。けれども、せっかく旅も終盤なのだ。やめるのはもったいない。

「今日には、私も処分されるでしょう」

「――――!?」

ケイさんは弱々しく微笑んだ。

「ずっと、主は入院していて、長くはないとご家族に説明されていたのです。御子息が一人いらっしゃいますが、遺品には興味がないらしく……すでに整理をはじめています」

「そんな……まだ主さんは、さっきまで生きていらっしゃったのに?」

生きているうちから所有物を片づけるなんて、あんまりだ。事の運びが性急ではないか。

「早く土地を整理して、マンションを建てたいそうです。主も、死期を悟って贈与していの問題だった。

家はすでに相続され、荷物は着々と整理されている。ケイさんが処分されるのも、時間の問題だった。

だからこそ、彼は最期に、せめて主の快癒祈願を行いたかったのだ。

「それでも……」

六花はケイさんを見ていられなくて、うつむく。

けれども、ケイさんは六花の肩に手を置いた。

「そんな顔をしないでください。私は、幸せですから」

こんなの、あんまりだ。幸せなはずがない。

「主は、最期のときまで、私をおそばに置いてくれた。壊れかけて、もう正しい時間も刻めなくなっていたのに。それだけで充分なのです」

ケイさんの声が、あまりに穏やかで……六花は、おそるおそる顔をあげた。

「どうして」

そこには、清々しい表情のケイさんがいた。

「怖くないんですか？」

六花は、ずっと呑み込んでいた質問をケイさんにぶつけた。

ケイさんは、少しだけ驚いたように目を丸めたが、やがて穏やかな面持ちになる。

「私は、長い間、忘れられていたのですよ」

ゆっくりと語り出したのは、ケイさんのこれまでだった。

「南蛮から渡ってきた懐中時計。明治に入ったばかりの日本人にとって、高価で珍しい物でした。しかも、有名な職人の作である。そんな理由で、私は買われました」

ケイさんの口調は、ゆっくりと穏やかなものだ。まるで、子どもに物語を読み聞かせるかのような心地よさがある。

「しかし、私は蔵の奥へと仕舞われることになります……偽物だったのです」

ケイさんにつけられた保証書は、偽造だと判明した。その後は、ほとんど価値がないものとして、蔵の奥へ追いやられてしまったのだ。

話を聞きながら、六花は目を伏せる。

ケイさんも、六花と同じ。ずっと、要らないものとして扱われてきた。

「でも、主は違いました」

長い間、蔵の奥で眠っていたケイさん。付喪神となったのに、誰も自分を使ってくれない。このまま、二度と日の目を見ることなく、朽ちて消えてしまうだろう。そう思っていた。

けれども、昭和の終戦後、蔵の整理が行われたのだ。

暗い蔵から木箱が出されて蓋が開いたとき、ケイさんは眠りから覚めた。

──こりゃ、立派な時計やねや！

興奮して叫んだのは、少年だった。

ケイさんの主──勲《いさお》さんは、蔵から出てきた時計を大変気に入ったそうだ。偽物であると承知したうえで、ケイさんをそばに置く。

ゼンマイ仕掛けの骨董品だが、機能に問題はない。勲さんは、ケイさんを大切に持ち続けた。

「蔵で忘れられていた私には、なによりも嬉しかった……」

勲さんとの思い出は大切なもの。語るケイさんの様子から、それは一目瞭然であった。

暗い蔵から救ってくれた主のためなら、なにがあっても大丈夫。

だから、ケイさんはこんなに強いのだ。

気づいて、六花も自らをふり返る。自分のためだけに、なにかをする気にならない。しかし、出会うお客様や、宿の役に立ちたいと考えている。

自分よりも、他者のために動ける者もいるのだ。

六花にとって、ケイさんの穏やかさは得体の知れないものだったけれど、紐解いてみれば、簡単で……六花と同じだった。

六花は実家を捨てて、今後は自分のために生きようと決めている。でも、誰かの役に立ちたい。お客様たちが笑顔になってくれるのが、堪らなく嬉しかった。

実家に縛られていたころとは違う。

自分のために、誰かの手助けをしたかった。

「六花さん」

ケイさんは六花の手に、菅笠を持たせる。

「京さんに、渡してください」

一緒に柿渋を塗ったときの記憶がよみがえった。ケイさんを雨や陽射しから守った立派な菅笠だ。

六花は菅笠を手で押し返す。

受けとれない。

「京さんを呼んできます」

六花の脳裏に、赤くなった顔を隠す京が浮かぶ。いつもはふざけているのに、一生懸命に栞の切り絵を作っていた。ケイさんのために。

このまま会わずにお別れなんて駄目だ。

けれども、ケイさんは歩き出そうとする六花の手をつかんで引き留める。

「悲しませたくないので」

ケイさんはそれだけ言って、六花に菅笠を持たせた。

「では」

六花の反論など遮断するかのように、ケイさんは踵を返す。

「け、ケイさん！」

六花が声をかけても、ケイさんは、こちらを向いてくれなかった。きっと、追いかけても、振り解かれてしまうだろう。

手に残った菅笠を見おろして、六花は唇を噛む。

こんなお別れ、あんまりだ。

でも、どうすればいいのだろう。

六花を無力感が苛《さいな》む。それなのに……なにもできてない……！

「なんで……わたし、なにもできてない……！」

きっと、ケイさんのねがいどおりに菅笠を受けとって、京に渡そうとしているからだ。

六花は無力なのに、右手の契約はこれを功徳だと認めている。梵字は読めないが、「百」と書いているのだろう。

これでいいの……？

もうケイさんの姿は見えない。宿の門から出ていってしまった。

「こんなのって」

指先に力を入れると、菅笠がミシリと音を立てる。丈夫なので、この程度では壊れないけれども、なんだか泣いているかのようだった。

「あまり悲しむ必要はないよ」

どうしようもないやるせなさ。動けない六花の背後から、ロンの声がした。

いつの間にか、涙が流れていたようだ。ロンの指先が六花の頬に触れ、大粒の雫を拭った。いったい、いつ現れたのだろう。ケイさんとのやりとりも、ずっと見ていたようだ。

「付喪神の宿命だよ。人はすぐに死ぬし、物はいずれ壊れるからね」

言い聞かせるような声音だった。ケイさんの境遇に同情も悲しみも覚えていない。ただ、事実を六花に説明して宥めようとしている。

「悲しむだけ無駄だよ」

六花はゆっくりと、ロンをふり返る。

「そんな言い方、どうしてできるんですか?」

「だって、そういうものだから」

なぜ、そんなことを聞くの?　と、言いたげな眼差しに、六花は閉口する。

ロンには感情がわからない。他者の心というものに理解が及んでいなかった。だから、「そういうものだから」などと言えるのだ。六花がどうして泣いているのかも、わからないのだろう。

なのに、彼は人間を知りたいらしい。矛盾している……いや、わからないからこそ、か。

「六花さん？」

ロンは首を傾げた。

「ロンさん」

こんなときの対処法なんて、誰も教えてくれない。

だから、やりたいようにやる。

だって、わたしの人生だから。

「わたしは、割り切れないんです」

ケイさんの菅笠をにぎりしめて、六花ははっきり述べた。

「ケイさんとのお別れが、このままなんて嫌なんです。京さんだって、きっと……」

「でも、仕方がない――」

「仕方がないからって、あきらめたくないんです」

六花はロンの胸に、菅笠を押しつけた。

「わたし、行ってきます」

強く宣言するが、ロンは戸惑った様子だ。

「行くって、どこに？」

六花の脳裏に、ケイさんの声が浮かぶ。

——国分寺の付近は、私もよく知っているので……。

ケイさんは、ずっと持ち主のそばから離れたことがないと言っていた。しかし、国分寺の周辺はよく知っているらしい。

「高知県南国市《なんごく》」

国分寺の近くに、ケイさんの持ち主が住んでいたのではないか。苗字はわからないが、勲という名前らしい。今日亡くなった人を調べれば、もしかすると——。

「いってきます！」

六花は叫びながら、地面を蹴った。

行ってどうするつもり？　ロンは、そう言うかもしれない。けれども、彼は六花を引き留めようとしなかった。

六花自身、なにをすればいいかはっきりしない。

ただ、このままじゃ駄目だ。

その想いだけが、六花の足を動かした。

＊　＊　＊

「いってきます！」

突然、走り出した六花に、ロンは声をかける間もなかった。いや、声をかけたとしても、止められない。

行って、どうするつもりだろう。

六花になにかができるはずもない。あの付喪神の運命は決まっていて、彼女に介在の余地はないのだから。右手に刻まれた呪いだって、すでに数字のカウントを縮めている。六花にできることは、これ以上ないのだ。

けれども、それを説いたところで、六花の行動は変わらないだろう。彼女は理解したうえで、走り出したのだから。

ロンは自らの髪に触れた。

いつの間にか、唇に微笑が刻まれている。

――わからないなら、知るしかないよね？

赤い組み紐を解くと、長い髪が風に流れた。

この色を見るたび、ロンの中でよみがえる記憶がある。

ロンの心を占めることと言えば、いつも決まっていた。焦がれるように探し続ける影が一つ——なのに、そこへ割って入るべつの思い出がある。

最初は雑音のように煩わしかった。

しかし、これが「大切な記憶」なのだと気づいた瞬間から、ロンにとって意味のあるものとなったのだ。

ロンが〝道しるべ〟を開いたきっかけ。

あのころから、少しは学ぶことができただろうか？

それとも、まだなにも知らないままなのか——。

7

「今日で最後……かな」

京は、おもてなし食堂へ向かいながらつぶやく。

将崇の店は、石手寺のすぐ近くにある。「妖も人間もやってくる食堂」を目指しているものの、妖のお客が入ってこないので、入り口を妖の宿にも繋げてもらっているらしい。

神様だか妖だか知らないけれど、人外さんの不思議な力には驚かされる。

今日はケイさんが八十番札所に到達する日だ。

将崇の店に行けば、ケイさんに会える。

しかし、彼の遍路は終わりに近い。全部で八十八ヶ所のお寺を回るまでに、もうさほど時間はかからないだろう。

八十八番全部を参ったあとも、来てくれるかどうか、約束がない。だから、今日が最後かもしれないと思いながら、京は食堂の引き戸を開いた。


「はあ？　ケイさんが、なんて……？　消えた……って……？」


食堂で待っていたのは、ケイさんや六花ではなかった。

珍しく神妙な面持ちをした将崇と、宿屋のロンさん。

ロンの口から告げられた言葉に、京はポカンとした表情を浮かべてしまった。

「ケイさんは、消えてしまったんだよ」

もう一度、同じ内容を言われても、なかなか頭の処理が追いつかない。

京はなにも理解できなかった。なのに、目が熱くなって、頬に雫が流れはじめる。

「昨日来て、これを京さんに渡してほしいと」

ロンが菅笠を差し出す。

塗り重ねられた柿渋の色には見覚えがある。ケイさんの菅笠だ。

いつも京に軽口を叩く将崇も、黙っている。それが余計に湿っぽくて、妙に腹が立ってきた。けれども、苛立《いらだ》ちを誰にどうぶつければいいのか、わからない。

「え？　なんでなん？」

京は菅笠を受けとりたくなくて、拳《こぶし》をにぎり込んだ。

「ケイさん、なんで来《こ》んの？」

さっき、聞いた。

消えたのだと。

「ケイさんの持ち主が亡くなって、ご遺族が時計を処分したから――」

「いや、そういうんが聞きたいわけじゃないし！」

じゃあ、なにを聞きたいというのだろう。全部冗談でしたと言いながら、うしろからケイさんが現れてくれればいいのか。それはそれで腹の立つサプライズだが、そうなってほしかった。

「困ったな」

ロンは京を見つめて眉をさげた。京がなにを望んでいるのか理解できず、本当に困惑している様子だ。

「君は、どうすれば納得してくれるの？」

次に発せられたのは、好奇の質問だった。京を宥めるためではなく、単純に好奇心で京の感情を知りたいようだ。

こういうところが、人外とつきあいたくないと思う由縁だ。彼らは、人に紛れて暮らしていても、根本的にズレているところがある。ロンの場合は、とくにズレが大きいようだ。だけど、そこに悪意がないから憎めない。やるせない。

こんなものに好かれている六花は、大変そうだ。

「いや……ええわい。それ、ちょうだいや」

京は袖でゴシゴシと涙を拭いながら、ロンの手から菅笠を受けとった。奪うように乱暴になってしまったが、お淑《しと》やかさをアピールするのは婚活だけで充分だ。いや、もう婚活もやめる。結婚も恋愛も面倒くさくなった。

「今日は帰るわ」

「おう」

短く言い捨てて、京は踵を返す。

気持ちに整理がつくまで、しばらく来ないほうがいい。ううん。もう、ここへは来ない。妖なんかに関わりたくなかった。将崇は友達だが、当分は顔も見たくない。

菅笠を見おろして、唇を噛む。

ケイさんには、ああ言ったけれど……正直、お遍路なんて興味ない。菅笠をもらったところで、使う予定もなかった。というより、早く忘れたい。

帰りに捨てよう。そのほうがいい。

京は心に決めて、食堂の引き戸に手を伸ばした。

「――――ッ！」

京が引き戸に触れる前に、ガラガラッと乱暴な音を立てて開く。

目の前には、表の景色ではなく、血相を変えた少女の顔があった。

＊　＊　＊

六花は息を切らしながら、食堂の引き戸を開ける。

靴を脱いでいないのを思い出したが、宿の廊下はあとで掃除をすればいい話だ。

それよりも、大事なことがある。

「京さん……」

目の前に立った京の顔を見て、六花はつぶやいた。

京はこれから帰るのだろうか。まさに、引き戸に手をかけるところであった。

「え、なに？」

最初、京はびっくりして固まっていたが、やがて怪訝そうに六花を凝視する。左手にはケイさんの菅笠を持っている。食堂のカウンターに、こちらを見つめるロンが座っていた。

京に、ケイさんが「消えた」と告げたのだと悟る。

「あの」

六花はキュッと掌をにぎりしめ、京を見あげる。

そして、前掛けのポケットに触れた。

「ケイさんを……探してきました」

「………」

京はなにも言わず、六花の一挙一動を見ていた。菅笠をつかんだ左手が震えている。

「申し訳ありません……」

六花は謝罪の言葉を口にしながら、懐中時計を取り出す。

年代物の時計だ。金色のフレームは、製造当時の輝きを失ってくすんでいるものの、よく磨かれており艶を放っている。けれども、銀色の蓋はピッタリ閉まらないし、チェーンも途中で千切れて短くなっていた。

文字盤のうえで、針は動かない。

「間にあいませんでした」

六花はうつむきながら吐き出す。

ケイさんの大まかな居場所を察して、六花は走った。国分寺の周辺を歩き回って、蔵のある家を探し出したのだ。

ケイさんの旅は、道半ばで終わってしまったけれども、叶うなら、もう一度……時計が止まる前に、京に会わせたい。

大切なひとに、「さよなら」を言ってもらえないなんて、寂しいから……。

「わたしが見つけたときには、もうお家は整理されていて、荷物はほとんど回収業者にわたっていたんです……」

ご遺族に頼み込んで、回収業者を教えてもらった。やっとのことで時計を発見したものの……ケイさんの針は止まっていた。

もしかすると、業者に回収される前には、すでに止まっており、昨日の朝見たケイさんは最期の力を振り絞っていたのかもしれない。

ロンの言ったとおり、六花の行動は最初から無駄だったのだろう。無力感で、ケイさんの時計がずっしりと重く感じていた。

「何《なん》なんよ……」

京はか細い声で言いながら、右手をあげる。

六花は実家での癖で、とっさに身構えた。相手が手をあげるのは、叩かれるときだ。

だが、京は六花の肩にその手を置く。

おそるおそる表情を確認すると、歯を食いしばって、あふれそうな涙を堪えていた。

「ボロボロやん……なんで、そんなにがんばってしもたん？」

「え？」

そう言われて、六花は自分の姿を見おろした。

服には埃や泥がついて、ところどころ破れている。気づかないうちに、腕や足に擦過《さっか》傷《しょう》もできていたし、指先も皮がめくれて、爪が割れていた。

回収業者の荷物や、ゴミ処理場を検《あらた》めたからだろう。必死すぎて、気にする余裕などなかった。

そういえば、持ち主と生前つきあいがあったと、嘘までついた。あんな嘘、今までついたことがなかったのに。

「わたしは、平気です……それよりも、ケイさんをお連れできなくて、本当に――」

「べつにええんよ、そんなん。悪くないのに、何度も謝らんとって」

六花の謝罪を遮って、京は首をふる。

そして、六花を抱きしめた。

「ありがとう」

京は震える声でつぶやきながら、六花の肩に縋るように顔を埋《うず》めた。

六花には京の表情がわからないが、肩が徐々に濡れるので、泣いているのだと悟る。

こういうとき、どうすればいいのか、六花は知らない。

六花が泣いているときに、誰かが手を差し伸べてくれたことはなかった。

だけど……こうしてほしいとは、思っていた。

「………」

六花は京の背に手を回す。

ひかえめに抱きしめて、背中をゆっくりなでる。

適切な慰めの言葉など浮かばないけれども、ただそこにいて寄り添う。

しばらくの間、京も六花も、その場を動かなかった。

8

同行二人。

お遍路さんの菅笠に書かれた言葉である。言葉どおり、辛く長い遍路道は一人ではなく、弘法大師空海がついていてくれるという意味だ。

けれども、べつの意味を持つ人がいてもいい。

「はーーーーー。つっかれたーーーーーー」

ケイさんが消えてから二ヶ月。季節はすっかり初夏を迎えていた。

六花が〝道しるべ〟に来てから、実に四ヶ月が経とうとしている。右手の梵字は「九十五」まで減っていた。ここまで勤めると、知った顔の言動にも慣れてくる。

「京さん、本当に八十八ヶ所を制覇されたんですね。すごいです」

食堂のカウンターでぐったりとしている京に、六花はお冷やを差し出した。すると、京は肩をコリコリ鳴らしながら、顔をあげる。

「計一周と九つ打ったわい。ついでに高野山に満願のお礼参りもセット。はー、しんど。さすがに、痩せた」

京の口調はひどくダルそうだったが、達成した道のりは立派である。

菅笠なんて要らないと言っていた京だが……ケイさんが残した九つの霊場を巡り、さらに、改めて一番札所から回り直したのだ。

もちろん、ケイさんから譲り受けた菅笠と一緒に。

「しばらく、ゆっくり休んでくださいね」

四国遍路は、歩いて巡れば一ヶ月半はかかる道のりだ。長くて遠くて、辛い。けれども、不思議と旅を終えた人たちは、清々しい表情をしている。

「いや、来月からもう一周する」

「え？」

京は珍しく強い口調で言いながら、むくりと顔をあげた。

「やってみて、思ったんよ」

スマートフォンを手にして、京は力説する。

「お遍路さん向けのアプリ、もっとさぁ、こう。ゲーム感覚で楽しく回れる要素とかあったら、よくない？　コレクター性があって……ほーよ御朱印、じゃなくて、納経！　可愛いイラストのデジタル納経帳とかスタンプとか。なんたらＧＯみたいな遊び要素もあったら、一人でも飽きんくない？」

スマートフォン向けゲームは詳しくないが、たしかに京の言っている要素があれば楽しそうだ。

四国遍路は外国からも注目され、お遍路さんの裾野が広がりつつあった。しかし、巡礼道の保全やお接待など、率先して行う人々の高齢化も問題となっている。できるだけ若い人を巻き込みながら守っていかなくてはならない文化だ。京の言うようなアプリがあれば、若年層も喜ぶのではないか。

「歩数と距離、お寺が一目で確認できて、達成感を得やすいＵＩがええよね。地図が見やすいのは最低条件！　普通の地図アプリやと、大回りの車道とか案内されて大変やったわい。あと、宿の予約！　野宿とか嫌やけん、ワンタップで予約と決済までしたいんよ！　どこが空いとるかわからんけん、鬼電せんといかんかったんやけど！」

京はブツブツつぶやきながら、タブレット端末を叩きはじめた。

宿の話を聞いて、京が頻繁に〝道しるべ〟を利用したことを思い出す。途中で宿探しが面倒になったと言っていたが、こういう背景があったのか……鈴の仕様や、門の不気味さの問題を解決すれば、〝道しるべ〟は充分、人間にも需要のある宿だろう。

「外国人向けも意識して……ね。赤蔵ちゃんは、どう思う？　これ、収益化できんかな？」

タブレットには、デカデカと「起業計画！」と銘打たれたスライドが表示されていた。

「参入者がおらん事業は、ブルーオーシャンやんか？」

ニコッと笑う京を見ているうちに、六花も気分が軽くなる。

ケイさんが消えたときは、どうなってしまうのかと心配したけれど……京は強い女性だった。しかしながら、その元気が空回って見える瞬間もあって、一抹の不安も覚える。

「参入者がいないのは、誰かが失敗したあとだからって可能性もあるんだぞ」

カウンターの向こうで、将崇が息をついている。

「そのへんはさぁ、やってみてから調整するんよ。うち、無職やし、これ以上失うものないって」

将崇の言葉にも挫けず、京はニヤリと笑った。

「あと、最近、いい人おらん？　もちろん、神様と妖はパスで」

「ここで聞いたって、いい話があるわけないだろ」

京の胸で、キラリと銀色が光る。

ネックレスとして加工した、懐中時計のパーツだ。細かい部品を分解して、レジンで固めて作ったらしい。こういうのが得意な友達がいるそうだ。

時計としてのケイさんは消えてしまった。けれども……もしかすると、新しい形で付喪神が生まれるかもしれない。百年後、京とは会えなくても――。

そんな形を期待するような在り方だった。

これでよかったのだろうか。

六花は自分の右手を見おろす。

あのとき、菅笠を受けとった段階で、呪いの数字は変化していた。六花にできることは、あそこまで。そのあとにケイさんの時計を見つけ、京に渡したのは余計なことだったのかもしれない。

しかし、動いてよかったと思っている。

結果がなにも変わらなかったとしても。

そう信じたい。

四. 結ぶ記憶

1

六花には時折、よみがえる記憶がある。

いつだったか定かではないし、もしかしたら、夢だったのかもしれない。断片的な景色だけが残っていて、ふとした瞬間に頭の隅を過るのだ。

記憶の中でも、六花は独りぼっち。家族から蔑まれ、友達を作るのも許されず、ただ生贄にされるために育てられた。そのころは幼すぎて、当たり前だと受け入れていた。

小さな手に、極早生《ごくわせ》の蜜柑を持って歩いていて……そうだ。耳の横で、髪飾りが揺れていた。アクセサリーを買ってもらえるのは雪華ばかりなので、図書館で調べて組み紐を作ったのだ。結び方を変えれば、いろんな形になるので、それなりに楽しめる。

最初に作った組み紐を人にあげたら、とても喜ばれたので、嬉しくなった六花は、その後もたくさん——あれ？　おかしい。幼いころの六花に人づきあいなんて……雪華ではなかったはずなので、違和感を覚えた。

遠い記憶の底で、誰かが笑っている。

あの人は……。


「どうしたの？」

ロンに話しかけられて、六花はハッと我に返る。

不意に思い出した昔の記憶について考え、ぼうっとしていた。

「申し訳ありません。ぼんやりしていました」

六花は笑顔を作って表情を改めた。

頭の端にモヤモヤしたものがあると、つい考え込んでしまう。

「人間は身体が悪くなることもあるんでしょう？　六花さんも、どこか悪いの？」

ロンに問われて、六花は首を横にふった。

「どこも悪くないですよ。ちょっと、昔のことを思い出して。でも、全然覚えていないんですよね……」

長く考え込んだ割には、あまり多くを思い出せなかった。

夢に見るほど強烈ではないが、ふとした瞬間に頭の隅に浮かびあがる。まるで、忘れてはならないかのように。

「どんな思い出？　聞かせてくれない？」

思い出せないと言っているのに、ロンは優しく問いかける。

六花は無意味な気がしながらも、記憶を辿ろうと努めた。

「どこかで、遊んでいました……家の近くだったような……遠くだったような……」

おぼろげに、六花は言葉を紡《つむ》いでいく。

「周りの景色は？　町だった？　山だった？　それとも、海？」

ロンからの問いかけに、六花は考え込む。

「木がたくさん……山か森だと思います」

「山なら、六花さんの家の近くかもしれないね。とても自然豊かだから」

たしかに。一つずつ記憶を詰めていくと、輪郭がぼんやりと浮かんでくる。

「思い出してきたかな？」

ロンは微笑みながら、六花に近づいた。

肩からプラチナ色の髪が、こぼれ落ちる。

ロンの髪を束ねる赤い組み紐に、六花は目を奪われてしまった。この組み紐を見ていると、無性に胸がざわりとする。六花が誰かにあげてしまった髪飾りに、よく似た色――。

『愚かよのう。呪いが解ければ、お前など捨てられるというのに』

誰にも聞こえぬほど、かすかな声だった。

耳元でささやく声に、六花はビクリと身を震わせる。

「ぬ、鵺……！」

六花はとっさに、自分の肩を手で払う。すると、もふりとやわらかい感触とともに、なにかが叩き落とされる。

思ったとおり、小さな姿をした鵺だった。

『ヒョー……ヒョー……』

鵺は不気味な鳴き声を響かせながら、六花とロンから離れる。

「捨てるわけがないだろう？　僕の花嫁だ」

廊下を跳ねる鵺に対して、ロンは六花の肩を抱きながら宣言する。

なんの根拠も示されていないのに、それが頼もしくて、六花はつい身を預けてしまいそうになった。しかし、たとえロンが優しくしてくれたとしても、依存できない。

六花はロンを愛していない。都合よく利用しようとしているだけだ。ひどいのは彼ではなく、六花なのだから。

ロンは人間の愛情を理解しないといっても、裏切りには違いなかった。

「わたし、大丈夫です」

六花はロンの手を肩から外してうつむく。

「ロンさんに助けてもらわなくても、生きていけるようになります。自立したいんです」

「でも」

ロンは少し不満げだった。

「君はなんの心配もいらない。働きたいというから仕事も与えているけど、本当はこんなことをしなくとも、僕が守ってあげるんだよ？」

ロンには、自立したいという六花の主張が不思議なようだ。

「僕の花嫁なんだから」

契約上の、というのは省かれている。しかし、六花は甘い言葉をささやかれても、首を縦にふらなかった。

「なにもしない理由になりません」

無能で役立たず。タダ飯ぐらいの穀潰《ごくつぶ》し。六花のこれまでの人生は無意味だった。

「無能に戻りたくない」

顔をあげた六花を見ても、ロンはまだ困惑している。六花の言葉が、心底理解できないようだ。

「六花さんは無能じゃないって、説明したはずだけど」

「そういう意味じゃないんです」

ロンにわかってもらいたくて、六花は息を吸う。

「能力がないだけではないんです。わたし、家にいるときは現状を打開する努力をなにもしませんでした。辛かったはずなのに……楽をしていたんです」

どんなに過酷な環境でも、抜け出すためには力を振り絞る必要がある。六花はその力を出そうともしなかった。

自分の力で、どうにかしようとは考えていなかったのだ。

「ロンさんに助けてもらうまで、わたしは無能だったんです。本当に。だから、これからは自分の力で立てるようになりたい」

しかし、ロンは眉根を寄せる。

「僕が甘やかしていれば、それで充分じゃないの？」

返答に、六花は愕然《がくぜん》としてしまう。

どれだけ言葉を尽くしても、彼には届かないのかもしれない。

これ以上、説明する言葉を持ちあわせていなくて、六花も困惑する。どうやって、彼に伝えればいいのだろう。なにを言えば、ロンは六花の気持ちをわかってくれるのだろう。

そもそも……ロンは人間を理解したいと言っているが、本当にそうだろうか？

ロンは、与えていれば六花が満足すると信じてやまない。そうではないと説明しても、変わろうとしなかった。想いが一方通行なのだ。心を通わせている気がしない。

六花は目を伏せて、いったん、ロンから視線を外す。

「ロンさんは、人間を知ってどうしたいんですか？　わたしを甘やかして、本当に目的を達成できるんですか？」

——人間が知りたい。どうして、あの人がいなくなったのか、理解できないから。

ロンは以前にそう言っていた。

あの人とは、誰だろう。ロンは誰の話をしているのだろうか。

「聞かせてくれませんか？　あなたについて、わたしは知りたいです」

六花は、ロンのことをなにも知らない。

ただ甘やかされるだけではなく、向きあいたい。そのためには、彼としっかり話す必要がある。

「どうして、そんなことを聞くの？」

六花のまっすぐな問いかけに、ロンは困った表情を浮かべた。

「話していないのは、僕じゃなくて六花さんだよ」

逆に問われて、六花は口を噤《つぐ》んだ。

「君の目的は、なに？」

わたしの、目的。

六花は、とっさになにも返せなかった。

河童のときと同じだ。六花は、自分のことを開示していない。だから、相手も心を開かない。わかっていながら、六花はロンに今まで黙っていた。

どうせ、ロンには理解されないから、と……。

「わたしは」

六花は拳をキュッとにぎりしめる。

「ロンさんは、わたしを花嫁として扱ってくれていますが……わたしに、そのつもりはないんです」

全身の震えが止まらない。

「今後、わたしがあなたを愛することは……ないと思います」

はっきり口にすると、虚しくなってきた。

相手を傷つける言葉を吐いている。自覚がありながら、六花は言葉を続けていた。

「ひどいですよね、わたし」

相手は人智を超えた力を持つ存在だ。こんなことを言えば、殺されたっておかしくないのに……六花は自立したいと言いながら、ロンに甘えている。最低だ。

「わたし、呪いを解いて自由になったら、やりたいことがあるんです」

自分のために生きようと決めた。

誰かの役に立つのは、気分がいい。六花はたくさんの人を幸せにしたいと思った。だから、百八の功徳を積む日々も、悪くないと感じている――でも、それ以上に、六花は止められない欲求があった。

とても醜くて、邪な欲求だ。

「ロンさんの力を借りて、初めて神気を使ったとき、思ったんです。もしかすると、わたしにも大きなことを成す力があるんじゃないかって……」

六花が〝道しるべ〟に来たあの日、六花は初めて神気を使った。ほんの少し、わずかにお茶碗が動いただけだったが……嬉しかった。

そのとき、六花は思ったのだ。

「鵺を祓って、赤蔵の家に報復したい――」

口にするのも憚れたが、言葉にしてしまうと、抱えていた闇が軽くなっていく。

赤蔵家は鵺によって力を保っている。結界で閉じ込め、生贄を用意し、自分たちの神気を維持していた。

そんな一族の在り方は、歪だ。

どこかで断ち切るなら、六花の役目にしたい。そう考えてしまった。

長い間、六花を虐げてきた両親に対して芽生えた復讐《ふくしゅう》心なのだろうか。六花の行動によって、赤蔵家は神気を失い、衰退するだろう。

雪華は……雪華は、あんなに指をボロボロにしながら、当主を継ぐため努力していた。

それなのに、六花が鵺を祓えば、無に帰してしまう。だけども、六花は欲求を止められなかった。

六花は自分を生贄にした家に、報復がしたいだけ。

こんな醜い感情、誰にも話したくなかった。

鵺はきっと、六花の欲求を見透かしている。だから、声を聞くだけで背筋が凍るほど恐ろしいのだ。

「こんな話、したくなかった……」

六花はいつの間にか、自分の顔を両手で覆っていた。

「どうして？」

なのに。

六花の手に、優しい温もりが添えられる。

「それは、僕に甘えない理由にはならない。僕だって手伝いたい」

純粋で、まっすぐすぎる言葉に、六花はなにも答えられなかった。

顔を覆っていた手が、そっと剝がされる。

涙で汚れた顔が露わになった。

「僕を使ってよ。そのほうが、楽に復讐できる。そうだ。鵺を祓うなんて回りくどい。君の家を焼いてしまおうか」

悪意のまったくない瞳から目が離せなかった。

「ねえ、どうして、泣いているの？」

どうしよう。

「僕の花嫁に、こんな傷をつけた奴らを許したくない」

とても恐ろしい気がして、身体中が震えはじめた。

六花は鵺を祓って実家に復讐したい。それは醜い欲求だけれども……ロンは、それよりもおぞましいことをするのではないかと、悪い胸騒ぎが全身に伝播《でんぱ》する。彼は〝道しるべ〟の主で、たくさんのお遍路さんを癒す存在なのに。

このまま、安易に手をとっていいわけがない。

ロンまで穢れてしまう。

「離して……！」

六花は、とっさにロンの手を振り払った。

どうすればいいのかわからなくて、六花はロンから距離をとる。けれども、ロンは六花の手をつかんだ。

「それに、六花さんは一人で鵺を祓えないだろう？」

「それは……そうですけど、だからといって家を焼くなんて。わたしは、鵺を祓えればいいんです」

「僕にはその力は貸せないんだよ」

ロンの一言に、六花の困惑する。

「神から力を借りないと、六花さんに術の類は使えない。だけど残念ながら、僕は厳密には神ではないんだ。だから、代わりに僕が君の家族に復讐してあげる」

どういうことだ。だって、六花はロンから借りた力で神気を使って——六花は、あのときの状況をよく思い出す。

六花はお茶碗に向かって「浮け！」と念じた。でも、お茶碗は……浮かばずに、膳のうえを滑るように回ったのだ。六花のイメージどおりなら、わずかでも浮かんだはずなのに。

「あのお茶碗……ロンさんが動かしたということですか？」

六花は自分の力なんて使っていなかった。

「うん、そうだよ。だって」

否定してほしかった。六花は自分にも力があると思って、嬉しかったのに。心が救われて、生きていたいと感じることができた……。

「あったほうが、君が喜んでくれると思ったんだ」

踏みにじられた気がして、六花は額に手を当てる。けれども、ロンの表情に悪意は微塵も感じられない。本気で、六花が喜ぶと思ってやったのだ。

目眩がした。

「……一人になりたいです。買い物へ行ってきます」

そう言って、六花はロンから逃げることにした。

ロンは六花を引き留めない。きっと、六花がこのままどこかへ行くとは考えていないからだ。実際、そのとおりで六花には、ほかに帰る場所などない。自立したいと言ってはいるが、六花はロンがいなければ、なにもできないのだ。

六花は買い物用のエコバッグを持って、宿の玄関を出る。

しかし、どこへ行こう。それさえも決まっていないのに、門を潜った。

2

六花に行くあてなんてない。

買い物とは言ったものの、宿の門を使って向かった先は……見知った場所を選んでいた。

四国霊場四十五番札所・岩屋寺。愛媛県上浮穴郡久万高原町に位置するお寺——実家のある赤蔵ヶ池に近い場所だ。といっても、徒歩で三時間以上かかるため、決して近所ではない。

ほとんど無意識だった。帰りたくないのに、近くを選択してしまって、自分はいつまでもあの家に囚われているのだと思い知らされる。

岩屋寺には、ときどき幼いころに連れていかれた。馴染み深いとまではいかないが、比較的知っている場所だ。

「あれ……？」

六花は周囲の景色を見て、既視感を覚える。

門が繋がったのは、岩屋寺の参道の手前であった。

岩屋寺は駐車場からお寺までの距離が長く、車遍路の人々からも難所であるとされている。参道の入り口には売店があり、オリジナルのグッズ販売だけでなく、無料で生姜湯のお接待も行われていた。

入り口こそ、お土産物店が並んでいるが、その先へと歩くと、急傾斜の坂道が伸びている。鬱蒼とした木々に囲まれ、本堂までの道のりに不安を覚えてしまう。

だけど、六花は景色に目を奪われていた。

「ここだ」

ときどき思い出す、不思議な記憶。靄がかかったような記憶に、鮮やかな色がつく瞬間だった。

どうして、今まで気がつかなかったのだろう。昔は何度も来たのに。

六花は一歩一歩、参道を進む。

あいまいだった記憶が、少しずつよみがえっていく。

あれは、六花が六歳……いや、五歳だったかもしれない。まだ小学校にあがっていないころだ。

＊　＊　＊

幼い時分から、六花は赤蔵の家で冷遇され、居場所がなかった。双子の雪華だけは、六花と話をしてくれたけれど、次第に距離が開きはじめていた。

あの日は、両親が岩屋寺に用があって、車で連れてこられた。赤蔵家は近隣の霊的な施設とも繋がりが深かったので、おそらく、術士たちの集まりだろう。

六花は外で一人、待っておくように命じられた。封印師として役立たずの六花がいても無意味だったからだ。

することもなかったので、六花は参道を歩いて家族を待っていた。

ポケットから、髪飾りを取り出す。赤い組み紐を几帳《きちょう》結びにした手作り品だ。家族の前でつけていると没収されてしまうかもしれないので、一人の場所で楽しむ。

自分で作ったものでも、なんだか気分が華やぐ。真っ黒で地味な髪に、赤い花が咲いているかのようだ。

「お嬢ちゃん、寒くないかい？」

参道にいると、何人ものお遍路さんたちとすれ違った。とても長くて急な坂道なのに、みんな笑顔であいさつをしてくれる。

話しかけてきたお遍路さんに、六花は首を横にふった。秋にしては寒く、周囲に霜が降りていたけれど、いつものことだ。雪の日でも関係なく、六花は外で待たされている。それを、今日出会ったお遍路さんに訴えたところで意味はない。

「……寒くない」

六花は両手をうしろに隠す。サイズが小さいジャケットしか着させてもらえず、袖が短かったからだ。

「よかったら、お食べ」

手渡されたのは、蜜柑だった。緑色で、若干黄色が混じっている極早生である。秋口に獲れる少し酸味のある温州《うんしゅう》蜜柑だ。

「ありがとう……」

お遍路さんには親切にしなければならないのに、逆に蜜柑をもらってしまった。しかし、他人の好意を無下にするものではない。六花は受けとることにした。

両親が用事を終える前に食べる必要がある。皮はどうしようか。その辺りに捨てるわけにもいかないが、ポケットに入れて持ち帰ったら、蜜柑の匂いが残るだろう。

六花は手の中で蜜柑を持て余しながら、参道を行ったり来たりする。

「あ……」

前方から、またお遍路さんが見える。

しかし、六花にはそのお遍路さんが一目で、人間ではないとわかった。

「…………」

妖の中には、危険な者もいる。代々、鵺を封じ続けている赤蔵家では、必要以上に人外と馴れあってはいけないと教わっていた。とくに、六花は術の使えない無能なので、襲われると対抗できない。

「見えているの？」

六花の前に立ったお遍路さんは、そう問いかける。六花に対してだと、すぐにわかったけれども、黙って下を向いておく。

木々の間から、ちょうどまぶしい光が射し込んでいる。それを背景にして、お遍路さんの顔が影になっていた。菅笠と長髪のせいもあって、どんな顔をしているのか、わかりにくい。

「見える人間に会ったのは久しぶりだよ」

お遍路さんはそう言って、屈んで六花と視線をあわせる。

青天のような瞳が印象的な青年の姿をしていた。プラチナ色の髪が木漏《こも》れ日を反射させて穏やかに輝いている。

「どうして……お遍路なんて？」

見たところ、彼は神様かそれに準ずる神気を宿していた。一介の妖などではない。そんな存在が、人間の遍路道にいるのが不思議でならなかった。

本当は言葉を交わすべきではないのかもしれないが、相手に害意はなさそうだったので、六花は問いかけてみた。

「どうしてだろう……わからないから、かな？」

お遍路さんは、あいまいに笑う。

「僕はある人を傷つけてしまったみたいで」

青い瞳が哀しそうだった。涙が流れていないのに、六花は本能的にそう感じる。

「でも、僕には人間がわからないから……こうして、彼の足どりをときどき辿ってみたくなるんだよ。今、この道は四国遍路と呼ぶらしいね」

誰の話をしているのだろう。六花には見当もつかなかった。

「あなたの大切な人？　けんか、しちゃったの……？」

辿々しい六花の問いに、お遍路さんは肩を竦めた。

「これは喧嘩《けんか》っていうの？」

「ちがうの？」

「わからないな。人間はむずかしいからね」

お遍路さんは当たり前のように言う。

「仲なおりすればいいのに」

喧嘩をしたら、仲なおりしましょう。幼稚園でも教えている。六花は幼稚園に通っていないので、雪華に教えてもらった。先生の前で、仲なおりの握手をするらしい。

「それができればいいんだけど、遅いんだよ。人間はなにをしてあげれば、気が済むんだろうね。僕にはわからないんだから、どうしようもない」

とうにあきらめている……いや、理解しようとしていないのか。

六花には彼が逃げているように感じられてしまった。

「わからないなら、知るしかないよね？」

「知る……？」

お遍路さんは六花をじっと見つめて、視線を外そうとしない。六花もそれに応えるように、顔をあげた。

大人の姿をしているのに、子どもみたいだ。

六花は無意識のうちに、お遍路さんの顔の周りで広がっている髪に触れる。指先で掻き分けると、青空みたいな目に引けをとらないほど、美しい顔立ちが現れた。

なぜ、そんなことをしたのか、六花にも説明できない。

六花は、自分がつけていた髪飾りを外す。そして、几帳結びの組み紐を解き、ピンから外した。

「こうしたらほうが、よく見えるね」

六花はお遍路さんの髪を一束に結ってあげた。プラチナ色の髪は無造作に広がっていたが、手櫛《てぐし》で整うほどサラサラしている。

お気に入りの髪飾りを分解してしまったが、六花の気分はよかった。

「いいのかい？」

問われて、六花はコクンとうなずいた。

「お遍路さんには、お接待をするものだから」

長い旅をするお遍路さんに、地元の人々がお接待をする。お茶であったり、休息の場所であったり、形は様々だ。六花の行為もお接待だと思う。

「ありがとうって、言うんだよね？」

お遍路さんの綺麗な顔に、笑顔が咲いた。

人間がわからないと言っているが、こんな顔もするのか。人形みたいな人工の美しさではなく、花が開くような自然な笑みであった。

彼には人の心がわからないかもしれないが、感情がないわけではない……だったら、いつか理解できるだろう。そんな明るさがあった。

「どうして、君が嬉しそうなんだい？」

組み紐をもらったのはお遍路さんで、六花はあげた側だ。お遍路さんは不思議そうに首を傾げていた。

「わたしが……作ったから」

自分の作ったもので、誰かが喜んでくれるのは、思っていたよりも嬉しい。家で料理をするようになったけれど、両親は美味しくないと言っている。雪華は申し訳なさそうに、黙って食べるだけだ。

「そういうものなのか。不思議だね、人間って。一応、お礼をしたほうがいいかな？　目を閉じて」

お遍路さんはそう言って、六花の髪を軽くなでた。六花は言われるがままに目を閉じる。

掌が温かくて、優しくて……身体の内側から、熱いものがわきあがるかのような感覚があった。守られているような安心感は、心地よくて眠ってしまいそうだ。

直感的に、「なにかをいただいた」と思った。自分を守る盾のような……。

「君を守ってあげる」

人からなでてもらうのも初めてで、六花は唇に弧を描いていた。

ずっと、こうしていたい。

「……花！　六花！　どこにいるのよ！　帰るわよ、無能！」

参道のうえから、女性の怒鳴り声が聞こえた。両親が用事を終えて、六花を探している。

「行かないと」

六花はお遍路さんから離れて、ぺこりとお辞儀をする。

けれども、数歩走ったところで思い出して、ふり返った。

「見つかると困るから……どうぞ！」

六花は慌てて言いながら、お遍路さんに蜜柑を放り投げた。

「いいの？」

蜜柑を受けとって、お遍路さんの顔は嬉しそうだった。

少しは気分が晴れたようで、六花も微笑んだ。

「待って」

お遍路さんが呼び止める。けれども、坂のうえからは両親の声も聞こえていて、六花は足を止めることができなかった。

「いつか、必ず——」

＊　＊　＊

岩屋寺の参道を歩きながら、六花はすべて思い出す。

「あれは……ロンさんだった」

間違いない。あのときのお遍路さんは、ロンだ。

昔のことだったので、すっかり忘れていた。ロンと出会った場所まで歩き、六花は右手をにぎる。

ロンは、最初から六花に気づいていたはずだ。だから、〝道しるべ〟の門を開いて迎え入れてくれた。

六花は知らずに……ひどいことをしてしまったかもしれない。

「わたしの加護は……ロンさんが授けてくれたんだ……」

鵺が六花を喰えなかったのは、加護があるから——幼いころ、ロンが六花に授けた加護が働いたのだ。

六花はずっと守られていた。

「どうしよう」

六花は口元を手で覆い、その場に脱力して座り込む。

わかっていなかったのは、六花だ。

ロンは人間の感情も、愛も知らない——だけど、彼は六花を愛そうとしているのかもしれない。彼なりに努力した結果だったとしたら、六花はロンを傷つけたのではないか。

以前にケイさんが「強い縁の糸が見える」と言っていた。あれは、六花とロンの縁だったのだ。

「ごめんなさい……」

六花はしばらく、うずくまるように動かなかった。動きたくとも、足が言うことをきかない。

木漏れ日が揺れ、鳥のさえずりが響いていた。時間ばかりが流れる。

けれども、唐突に風が騒ぎ、木々がざわめく。そして、風は突風となって六花にぶつかる。

予告もなく吹いた風が、六花の髪や着物を揺らす。六花はとっさのことで、ギュッとまぶたを閉じてやり過ごした。

「おやおやおや？」

ほどなくして、何者かの声がした。

聞き覚えのあるような……六花は、おそるおそる、目を開ける。すると、再び風が吹き……目の前で止まった。

「やっぱりだ！」

カラカラと笑う声は、以前にも聞いたものだった。

つるんとした緑の皮膚に、手足の水搔き。大きなリュックサックを背負って、金剛杖をつく姿を、六花はたしかに知っていた。

菅笠を脱ぐと、頭にお皿が現れる。

「え……」

だが、六花は苦笑いを浮かべた。

「どちらさま、ですか？」

口を突いて出てしまった。

というのも、目の前にいる河童が……とても、マッチョだったからだ。

丸いぬいぐるみのような輪郭は、どこにもない。手も足も、ムキムキの筋肉で盛りあがり、装束の間からのぞく腹筋が六つに割れていた。

「なんだぁ、もう忘れちまったのか？」

「や、やっぱり、河童さん……ですよね？」

「そうだよ！」

「背中に鬼神が宿っているかのようでしたので、つい……別人、いえ、別河童かと」

河童の大胸筋が交互に動くので、六花はジーッと見つめてしまった。

「またどうして、こんな変わり果てたお姿に……いや、とっても素敵ですけど」

六花の問いかけに、河童はサイドチェストのポーズをする。

「アンタのおかげだよ。ありがとうな！」

河童の話では、あのあと、六花の言葉ですっかり自信をつけたらしい。軽々と一周目のお遍路を終えた。

「高野山に、満願のお礼参りだってしたんだ。でも、物足りなくってさ」

高野山は弘法大師空海の開いた真言宗《しんごんしゅう》の根本道場だ。四国を巡礼したあと、高野山へお礼参りをするお遍路さんは多い。

「なるほど……河童さんは今、二周目のお遍路参りをしているんですね？」

「いや、これは七周目さ」

河童はその場足踏みをしながら笑顔を作る。河童と会ったのは、ほんの二ヶ月ほど前なのに、もう七周目とは驚いた。普通は一周に一、二ヶ月を要する。

「今は走り遍路にハマってる」

「は……走り⁉」

おそらく、読んで字のごとく、走って巡礼しているのだ。さっきの突風は、河童が巻き起こしたものだろう。走るスピードが尋常ではない。しかも、この急傾斜の参道でも、あの速度。河童なのに足が速いと言ったのは六花だが、まさか、ここまでのポテンシャルがあるとは。

「そうだ」

河童は快活に笑いながら、リュックサックをおろす。ドスンッと、重めの音がした。

「オイラのおやつをやるよ。宿のみんなで食べてくれよな！」

そう言いながら、河童がリュックサックの口を開くと、大量のきゅうりが詰められていた。どうやら、荷物全部がきゅうりのようだ。

「アンタには世話になったから。遠慮するな！」

「は、はあ……」

あっという間に、六花は両手いっぱいにきゅうりを持たされる。着物の袖にも、袋のように詰め込まれてしまった。

「じゃあな！」

河童は六花にきゅうりを渡すと、再び風のような速さで走っていく。

大量のきゅうりを抱えて、六花は途方に暮れた。

とりあえず、このきゅうりをどうにかしなければ……。

3

両手と袖にいっぱいのきゅうりをぶらさげて、六花は〝道しるべ〟に帰った。

門を潜る前は、きゅうりの重みで頭がいっぱいだったが、だんだん思考が働くようになってくる。庭を横切る六花の足どりは重いが、きゅうりをいただいたという理由ができたので、とりあえず宿に帰れる。

どんな顔をすればいいのだろう……。

「ただいま戻りました」

六花は大量のきゅうりと一緒に、宿の玄関へ入った。

「六花さん」

すぐに出迎えたのは、ロンだった。いつも、まっさきに駆けてくるのはコマなので、六花は反射的に身を縮こめるが、きゅうりが一本落ちて、それどころではなくなる。

「どうしたの？ そんなにたくさん……」

ロンに当然の質問をされて、六花は苦笑いした。

「いえ……岩屋寺で、河童さんと会って。いただいてしまいました」

「そうか。じゃあ、将崇に言って、漬け物にしてもらおうか。僕は辛子漬けがいい」

こんなにたくさん、どうしようと思っていたけれども、たしかに、漬け物は名案だ。六花はきゅうりを落とさないように、玄関へあがる。

「持つよ」

歩くのに難儀していると、ロンが手を差し伸べる。

「ありがとうございます……」

六花の抱えていたきゅうりを請け負ってくれた。六花は、空いた手で袖に差し込まれたきゅうりを持つ。

「岩屋寺へ行ったんだね」

二人で食堂へ向かう道すがら、ロンに聞かれる。なんでもないことのように言うので、一瞬、流しそうになってしまった。

「……はい。思い出しました」

六花はロンを見あげた。

「あのときのお遍路さんが、ロンさんだったんですね」

「うん。やっと、思い出してくれたんだね」

ロンは六花が忘れていたことを咎めない。それどころか、本当に心から喜んでいる様子だった。かえって申し訳なくて、六花は目を伏せる。

「すみませんでした」

「どうして謝るの？　人間は、すぐ忘れてしまうものなんだろう？　もっと喜んでくれると思ったのに」

ロンは六花に顔を近づけながら、子どものように笑った。

「君に言われて、宿を開いたんだ。人間の理解に役立つと思ってね。人間のお客が全然寄りつかないのは誤算だけど、妖たちも、なかなかどうして面白い考えを持っているし、退屈しない」

ロンが〝道しるべ〟を作ると決めたのは、六花の言葉がきっかけだった。ロンは六花の言うとおりに、人間を知ろうと行動をしていたのだ。

「ずっと、六花さんを迎えにいきたかったんだよ」

ロンの表情は晴れやかで、心底嬉しそうにきゅうりを抱えている。

六花は記憶を思い起こす。


——いつか、必ず……君を迎えにいくよ。


ロンは別れ際に、こう言っていた。

「早く迎えにいけなくて、すまなかった。六花さんが、あの家から出たいと思ったら、すぐに行くつもりだったけど……君があんなに傷つくまで、僕はなにもしなかった」

ロンは家族の在り方を知らないから。六花が強く「家から逃げたい」とねがわない限り、勝手に連れ出さなかった。

「君が呪われたら、形振《なりふ》りかまっていられなかったけどね。念のために加護を授けておいてよかった」

六花が〝道しるべ〟に辿りついたのは、偶然ではない。赤蔵ヶ池の近くを歩いていたはずなのに、いつの間にか岩屋寺に向かっていたのも、ロンが呼んだからだと気づく。

「僕は、人間の愛がよくわからない」

ロンが目を伏せると、青天の瞳に睫毛のベールがかかる。

「六花さんに、なにを与えればいいのか、わからないんだ。僕は間違えていたかな？」

ロンなりの愛を形にした。

たった一度、出会っただけの少女のために。

「でも、わたしは……忘れていたんですよ」

「思い出してくれて、ありがとう」

「……わたしは、あなたを愛していないんですよ？」

「これから、どうすればいいのか教えてほしい」

全部、すでに答えの出ている問題の確認作業だった。

わかっていなかったのは、六花のほうだ。ロンとはわかりあえないと決めつけて、全部偽物だと思い込んでいた。

「ロンさん」

六花はロンに、改めて向きなおった。

ちゃんと話さないと……。

けれども、ロンは悩ましげに眉をさげてしまう。

「六花さん、とりあえず……きゅうりを将崇のところへ持っていこうか」

邪魔で仕方ないよ。そう言って、ロンは肩を竦めた。

「あ、はい……」

六花は両手いっぱいのきゅうりを見おろして、顔を赤くする。

4

河童からいただいたきゅうりを将崇に渡したあと、六花は宿の庭に出た。

「すぐに行くって言われたけど……」

話の続きをするから、先に庭で待っていてほしいと言われている。しかし、どうして庭なのだろう。今日はお客様もいないので、コマも食堂で将崇の仕込みを手伝っている。中で話しても、差し支えないと思うのだが。

あいかわらず、池に浮かぶ八つの水燈籠が神秘的で美しい光を放っている。光は水面に浮かぶ波紋に反射して、幾重にも、幾重にも。寄せては返して、ぶつかって、一瞬一瞬の芸術品となっている。

初めて宿へ来たのは、真冬だった。そのころから、ずいぶんと気候もよくなり、夜風が気持ちいい。大きな満月に塗りつぶされて、空の星は姿を隠していた。

ぼんやりと景色をながめて、六花は庭に立ち尽くす。

「あ……」

空に光が浮かんでいる。

満月とは異なる白い光だ。いや、月光を反射して、白色になっているのだろう。キラキラと煌めく光が集まって線みたいだ。

それが徐々に近づいてきて……身体の長い生き物、いや、これは……月光を浴びる龍が現れた。大きな身体なのに、低空まできても風がほとんど起こらない。翼のようなものもなく、どのような原理で飛んでいるのか、六花には見当もつかなかった。ただ、神気がとんでもなく高い。神とまではいかないものの、匹敵する力を持っていた。

龍は六花の目の前に降り立つ。

「ロン……さん……？」

六花が呼ぶと、龍は肯定するように頭をさげた。

これがロンの本当の姿……六花は、ただただ口を半開きにする。

綺麗。

人間の姿をしているロンも美しいが、こちらのほうが何倍も綺麗だと感じた。ロンの髪と同じく、周囲の光を反射させる鱗も、青い空と同じ色の瞳も……なにもかも、繊細な輝きを放つのに、自然の美しさを映したようだ。

「上で話そうか。のって」

ロンは六花にうながしながら、姿勢を低くした。声帯がどこにあるのかわからないし、口も動いていないが、はっきりと声が聞こえる。

六花は戸惑いながらも、ロンの身体に触れた。美しい鱗は、意外にも心地よい温かさを持っている。

着物で跨がるのは憚れたので、六花はちょこんと、首の辺りに腰かける。すると、ふわりと身体が神気に包まれる感覚と一緒に、ロンと六花は宙に浮いていた。空を飛ぶというより、浮遊しているようだ。風の抵抗も感じず、快適な空中散歩である。

「すごい……」

眼下に広がるのは、鬱蒼とした暗い山の木々だ。少し離れたところに、麓の町がある。宿は四国山地のどこかにあると説明されていたが、存外、人の住む場所に近い。ロンの作業部屋にインターネットに繋がったパソコンがあるので、薄々、そうではないかと思っていたが。

「なにから話そう？」

ロンは六花をのせて飛びながら問う。

「ロンさんが、わたしに言っておきたいことを話してください」

本当は、質問はたくさんある。けれども、まずはロンの話を聞きたかった。

「わかった」

ロンは短く答えて、六花に視線を向ける。龍の目は人間よりも大きいけれど、怖い印象はない。

「僕と、ある人の話をしよう」

ロンが傷つけてしまったという人間の話。

六花は固唾を呑んで、ロンの言葉を待つ。

「弘法大師空海と言えば、君はわかってくれるかな?」

「え、はい……詳しくはないですが、宿で働くときに軽く勉強しました」

平安時代、唐《とう》に渡って密教真言宗を開いた僧侶だ。彼が修行した足跡が、現在の四国遍路八十八ヶ所となっている。遍路を理解するうえで、避けては通れない偉人の名前だ。

「僕は唐から、彼に連れ出してもらったんだ」

「え?」

唐? ロンは中国から来たのか。思えば、「ロン」は龍の中国語の読みだ。

「六花さんに理解してもらいやすいよう、龍神みたいなものと説明してしまったけど……僕はね、青龍なんだよ。知ってる?」

中国に伝わる四神《ししん》の一角であり、東方を司る龍だ。神とも言えるが、おそらく、神獣のほうが正しい。

ロンは神にも匹敵する強い神気を持つものの、神とは言い切れない部分があった。青龍であると聞いて、六花は腑に落ちる。

「あのころは、まだ人と神が近い時代でね。僕は気まぐれに人間の姿をして市井《しせい》に出向き、ねがいを叶えてあげていたんだ」

あるときは、枯れた大地に雨を降らせ。あるときは、病気の子どもを救い。あるときは、貧しい村に種を撒いた。そうすれば、人間は喜んで青龍を讃えてくれる。青龍にとって、それらは善行であったし、与え続けるのが正しいと思っていた。

しかし、そうしていると、青龍の評判を聞きつけた宮廷の宦官《かんがん》が訪ねてくる。

——皇帝の命を奪ってほしい。

青龍は悩むことなく、宦官のねがいを叶えようとした。彼にとって、人間のねがいに違いはない。今までと同じだ。

けれども、偶然、そこに居合わせた留学生《るがくしょう》がいた。仏教を学ぶために長安《ちょうあん》に滞在していた空海である。彼には高い神気があり、青龍の正体にも気づいていた。

宦官が去ったあと、空海は青龍と対話を求めた。そして、青龍は権力争いに利用されているのだと説いたのである。

——それは、人の道に反する行いだ。

人の道がわからない青龍には、納得できるはずがない。

空海は、三日は手を出すなと告げる。青龍は三日くらいならばと、待ってみることにした。すると……三日後、青龍の口を封じるための刺客が放たれたのである。

人間の刺客など、青龍には赤子のようなものだ。問題はなかったが、どうして命を狙われたのか、青龍は理解できなかった。

空海に問うと、宦官の手の者で間違いないという。青龍がすぐにねがいを叶えなかったので、口封じに来たのだ。青龍を人間の詐欺師とでも思ったのだろう。

「瞬く間に、僕は長安でお尋ね者だ。あのときは、今以上になにも知らなかったんだよ。人間について」

ロンの話を聞きながら、六花は胸が痛んだ。青龍は人間のねがいを叶えてきたのに、裏切られた。

しかし、ロンの口調はまったく悲観的ではなかった。

「空海はちょうど、密教を学んで帰国するところだった。だから、僕も一緒に行かないかと誘ってくれたんだ」

長安でお尋ね者になっても、青龍にとって痛手ではなかったが、空海の話す故郷に興味がわいた。青龍はとくに深く考えず、空海と一緒に船へのる決断をする。

帰路は長く嵐にも見舞われたが、青龍が旅路を守ってやる。空海たちに感謝され、青龍も満足だった。

空海の故郷には、八百万《やおよろず》の神がいるらしい。青龍が渡っても信仰の形は変わらないと、空海は話した。そういう信仰の在り方も興味深くて、青龍は俄然乗り気になる。

そうやって、青龍は東の島国へ行った。その当時は、「日ノ本《ひのもと》」と呼ぶことが多かったようだ。現在の日本となる国である。

青龍は空海の修行についてまわった。空海は同行を許し、青龍は気が向けば人々のねがいを叶える。空海にまつわる伝説のうち、いくつかは青龍の行いだ。

「仲がよろしかったんですね」

ロンの話を聞いて、六花は微笑んだ。

けれども、ロンは寂しそうな目をした。龍の姿では、彼の表情はわかりにくいが、青天の瞳には、はっきりと愁いが表れている。

「石手寺の伝説は、誰かに教えてもらった？」

五十一番札所になっているお寺だ。愛媛県松山市に位置し、将崇の食堂が近くにある。

「たしか……衛門三郎伝説ですよね」

コマの本で読んだ内容を思い出す。

衛門三郎は傲慢で、他者を顧みない人物であったが、托鉢を行っていた空海を追い払ったことで仏罰を受ける。八人いた子が次々死んだのだ。三郎は自らの行いを悔いて、贖罪のために空海を探して寺を巡った。これが四国遍路の起源とも言われている。

「三郎の子を殺したのは、因果応報でも、仏罰でもないんだよ」

ロンの言葉に、六花は息を呑む。

彼が言おうとしていることが、わかってしまった。

「僕だ」

静かに発せられた告白に、六花は目を覆いたくなる。

托鉢を手酷く断ったからといって、八人もの子どもが死ぬのは異様だ。他の伝承と毛色が違っている。

「懲らしめてやろうと思った。だって、空海は人民には優しくしろと言っていたんだ。だったら、そうしない人間は罰するべきじゃないかい？　でも……彼は、僕から去った」

ロンにとっては、当たり前の思考だった。そもそも、ロンは宦官に乞われたからと言って、皇帝を平気で殺そうとしたのだ。生き死にの価値観が人間と相容れない。

六花の肌が粟立ち、背筋にゾクリと悪寒が走った。手が震えている。けれども、六花はゆっくりと、ロンの頭に手を伸ばした。プラチナ色のたてがみをなでる。

「ロンさんは、今も同じ考えなんですか？」

「わからない……きっと、僕は間違えてしまったんだろうね」

正直なところ、ロンが怖かった。ロンは人間を理解しようとしているが、根本的に無邪気で残酷なのだろう。彼といれば、六花もいつか……。

いや、ロンと向きあうと決めたのだから、退けない。

「あなたは、大切な人を守りたかっただけ……喜ばせたかったんですよね」

衛門三郎に報復すれば、空海が喜ぶと考えた。ロンの思考は単純で、純粋だったはずだ。

だから、空海がロンのもとを去って悲しんだ。

ただ笑ってほしかったのに、伝わらなかったばかりか、傷つけてしまったから。

それでロンは、お遍路をしていたのだ。再び空海に会いたくて。彼の心を理解できるように……千年以上のときをかけて、ずっと、空海を追っていた。贖罪のために彷徨った衛門三郎と同じだ。

そして六花と出会い、人間を知るために宿を開いた。

ロンにとっての六花は啓示だったのかもしれない。だから、親を追う雛鳥のように、六花を愛そうと考えた。

形が歪だ。

ロンの考えること、行うこと、すべてが歪んでいる。

納得はできるものの、共感がむずかしい思考だ。

だけど……。

「わたし、ロンさんが怖い」

六花は正直な気持ちを吐き出しながら、ロンのたてがみをなでる。

ロンは受け入れるように、六花の言葉を待ってくれた。

「あなたは、与えることしか考えていない。喜ばせたいと言いながら、相手の気持ちを受け止めようとしていないんです」

受け手がどう思うかが大事なのだ。

「ロンさんは……悲しいとか、寂しいとか、喜ばせたいとか、ご自分の感情がはっきりしています。足りないのは、向きあう姿勢じゃないでしょうか」

一方的な想いは通じない。

「相手を知って、しっかりと見ることからはじめましょう」

価値観の違うロンとの関わりは、一歩間違えれば、彼に生き死にをにぎらせてしまう。

けれども、六花は突き放せなかった。

「わたしが……お手伝いしますから」

六花は抱きしめるように、龍の首に手を回した。

鱗の輝きが頭から尾にかけて波打つ。固い鱗で覆われた身体がしなり、月光を浴びて生き生きと空を泳いだ。

「いいの？」

「はい……契約結婚ですから。わたしは、ロンさんに人間を教えます。代わりに、わたしが鵺を祓えるように、力の使い方を教えてください」

六花の神気は一人では使えない。神の力を借りて、初めて発揮できるものだ。最初はまやかしで力を使ったように勘違いさせられたが、六花に能力があるのは本当だろう。

「僕が全部片づけてあげるのに」

「それはお断りします。これは、わたしの罪にしたい」

六花がやろうとしているのは化け物退治ではない。代々受け継がれてきた赤蔵家の伝統を壊す行為だ。自分を生贄にした家族に報復する……この罪は、六花が負うべきだ。

「それは、本当に罪なの？」

しかし、ロンの声音は無垢だった。

「六花さんは、いいことをしようとしているんじゃないの？」

「そんな」

六花の行為が善行なわけがない。六花のせいで家族が壊れる未来が見える。当主になれなかったら、雪華の努力は無駄になるではないか。

「だって、君のおかげで、あの家からは生贄が出なくなるんだろう？」

ハッと気づかされるような言葉だった。

六花は目を見開いて、満月を仰ぐ。

「僕だって、少しは調べたんだよ。生贄なんて、現代社会では古い習慣なんでしょう？

廃止は時代に即していると思うんだけど、違うの？」

ロンの価値観は人間と違うが……ときどき迎合する。六花はなにも言い返せなかった。

「六花さんのような可哀想な子がいなくなるなら、君は悪じゃないよ」

わたしは、可哀想だった。

家にいるときは、あまり考えなかったけれど……一般的に見れば、そうなのだろう。

途端に胸が締めつけられて、目が熱くなった。六花は奥歯を嚙みながら、声を押し殺す。

「だって、わたし」

自分のために生きると決めたのに、そんなことさえ、今まで気づけなかった。

「身勝手じゃないですか」

家に背いて穢を祓おうとしている。そのうえ、愛してもいないのに、ロンとの契約関係を続けようとしていた。これらは全部、身勝手だ。

「自分のために生きるって、そういうことじゃないの？」

ロンの身体が光を放つ。月光を反射させるのではなく、内側から青い光を発していた。

長くて大きな身体はまぶしいけれど熱はなく、静かな月夜に似つかわしい。

やがて、龍は美しい青年の姿となる。

「どうすれば、六花さんが泣かなくて済む？」

ロンは両手で六花を抱きしめた。

心臓がうるさく高鳴っている。落ちそうな気がしてロンにしがみつくが、どうやら身体は無重力のように浮いたままだった。

ロンは六花の目尻に指を当て、ひとすくいの涙を拭いとる。

「口づけがいいかな？」

甘やかな微笑で、ロンは六花の顔をのぞき込んだ。

六花は流されそうになるものの、すぐに我を取り戻した。

「は、話を聞いていましたか？　わたしは、あなたを愛していないんです」

「うん。だから、愛してもらえるようにがんばるって言ったんだよ」

頭が痛かった。話が通じる気がしない。人間を理解するために協力するとは言ったものの、どうして、そこから離れてくれないのだろう。もっと、割り切った関係でいたかった。

「だいたい……どうして、わたしなんですか。いや、命が助かってありがたいですけど……長い間生きていたら、優しくしてくれる人間なんて、ほかにもいたんじゃないですか？」

空海の時代からは、実に千二百年だ。それだけ永いときを過ごしていれば、同じような助言をする人間に出会っていてもおかしくない。

六花は反論したが、ロンはにこりと笑みを返す。

「でも、求愛してくれたのは六花さんが初めてだったよ」

きゅうあい？　六花は漢字になおせず、首を傾げた。

求愛とは、どういうことだ。覚えている限り、そんな記憶はない。それとも、またなにか忘れている？

「蜜柑をくれた」

「たしかに、あげましたけど……ロンさんは、お遍路さんだったんですから、普通のお接待では？」

緑と黄色がまざった極早生の蜜柑だ。甘酸っぱくて美味しかっただろうに、六花は食べずにロンに投げた。両親に見つかると面倒だったので、仕方がない。

それがなんだというのだ。

「知らないの？　六花さんは、人間のことなら、たいてい知っていると思ったのに」

「シャワーやホースの使い方は知っていますけど……」

ロンは得意げに胸を張って、人差し指を立てて解説する。

「女性が甘酸っぱい果実を投げて渡すのは、求愛の表現なんだよ」

とても簡潔にまとめられた説明が頭に入らず、六花は目を点にした。

「ええッ⁉」

遅れて叫んだ声が、山に反響して返ってくる。

「ずいぶん昔に、長安のお姉さんが教えてくれたんだ」

「長安って……昔の中国の慣習ってことですか？」

つまり、幼い六花は知らないうちに、ロンに求愛していたのだ。だから、年端もいかぬ六花の話を真に受けて、ロンは宿を作って人間の勉強をはじめた。

「現代日本と古代中国の慣習が同じなわけないじゃないですか」

「そうなの？　似たようなものじゃないの？」

急に恥ずかしくなってきた。六花にその気はまったくなかったのに。どうして、あのとき、蜜柑を食べてしまわなかったのだろう。いまさら後悔する。

「六花さんから求愛してきたのに、愛してないとか言い出して、おかしいと思ったんだよね。そうか。じゃあ、一から惚れさせなきゃいけないんだね。どうすればいいの？」

「どうして、あきらめないんですか」

ロンは六花の頬を両手で包んで、唇を親指でなぞる。

優しい手つきに、ぞわりと身体が硬直した。抗えない甘い衝動が胸のうちから湧き出て、どうやって止めればいいのかわからない。

「人間のことは勉強中だけど、僕はたぶん六花さんを好きになってしまったよ。六花さんのことが知りたい。溺愛させてほしいな」

ロンの唇が六花に迫る。時間が止まってしまったかのように、身体が動かなくなっていた。心臓の音が騒がしくて、寿命がすり減りそうだ。

「あ、あ……の……」

六花はとっさに身体を仰け反らせて、すんでのところで自分の口を両手で塞いだ。

「わ、わたしの準備が……そういうのは、相思相愛になってからです。人間を理解するお手伝いはしますが、溺愛を受けつけるとは言ってません！」

六花は早口で告げた。

「呪いが解けるまで……呪いが解けたら、宿を出ます。でも、その間に、ロンさんを好きになってしまったら残ります」

とっさに思いついた条件を告げて、六花はロンの表情を確認した。ロンのほうが立場も力も強い。無理やり迫られれば、六花に拒むことなんてできない。

けれども、ロンはパッと笑顔を咲かせる。まるで、遊びを見つけた子どものようだ。

「いいね、それ。わかったよ。君に必ず愛される」

よほど自信があるのか、ロンはギュッと六花を抱きしめた。

六花は、ほっと安堵の息をつく。とりあえずの猶予はできた。なんとか呪いが解けるまで粘れば――。

「僕、がんばるね」

早速、油断していた。気の緩みをついて、ロンは素早く六花の唇に自分の唇を重ねてしまう。やわらかで温かな熱が一瞬だけ触れて、離れた。

「ごめん。やっぱり可愛いから、ちょっとだけ」

放心している六花に、ロンは悪戯《いたずら》した子どもみたいな顔をする。

呪いが解けるまで、一時も気が抜けない。

◆この作品はフィクションです。
実在の人物、団体などには一切関係ありません。

双葉文庫

た-50-11

四国遍路《しこくへんろ》の宿《やど》 道《みち》しるべ

呪《のろ》われ花嫁《はなよめ》は仮初《かりそ》めの愛《あい》を契《ちぎ》る

2024年3月16日　第1刷発行

【著者】

田井《たい》ノエル

【発行者】

箕浦克史

【発行所】

株式会社双葉社

〒162-8540 東京都新宿区東五軒町3番28号

［電話］03-5261-4818（営業部）　03-5261-4833（編集部）

www.futabasha.co.jp（双葉社の書籍・コミックが買えます）

【印刷所】

中央精版印刷株式会社

【製本所】

中央精版印刷株式会社

【フォーマット・デザイン】

日下潤一

落丁・乱丁の場合は送料双葉社負担でお取り替えいたします。「製作部」宛にお送りください。ただし、古書店で購入したものについてはお取り替えできません。［電話］03-5261-4822（製作部）

ISBN978-4-575-52740-7 C0193
Printed in Japan

双葉文庫　好評既刊

後宮の百花輪1

瀬那和章

後宮に憧れる武術家の娘・明羽は拳法と〝声詠み〟の力を駆使し、北狼州代表の來梨姫の侍女として後宮入りする。だが二人は数々の事件に巻き込まれて⁉　絢爛豪華な中華後宮譚、開幕！

双葉文庫　好評既刊

後宮の男装妃、幽鬼を祓う　佐々木禎子

病弱な姉の代わりに後宮入りすることになった翠蘭は人々を脅かす幽鬼の正体を探るよう命じられ……。男装妃と美形皇帝の男女逆転⁉　伝説の妃嬪の物語が、いま始まる！

双葉文庫　好評既刊

出雲のあやかしホテルに就職します1

硝子町玻璃

幼い頃から「あやかし」が見える特殊な力を持つ女子大生の見初は就職活動に大苦戦。そんな時、就職支援センターから出雲の曰くつきホテルの求人を紹介され……。笑って泣けるあやかしドラマ！